강령술사

FUSION FANTASY STORY & ADVENTURE

정은호 퓨전판타지 장편소설

dream
books
드림북스

강령술사 8 (완결)

초판 1쇄 인쇄 2016년 1월 25일
초판 1쇄 발행 2016년 2월 5일

지은이 정은호
발행인 오영배
책임편집 편집부

펴낸곳 (주)삼양출판사 · 드림북스
주소 서울시 강북구 도봉로 173
대표 전화 02-980-2112 **팩스** 02-983-0660
출판등록 1999년 3월 11일 제9-00046호

ISBN 979-11-313-0467-9 (04810) / 979-11-313-0313-9 (세트)

드림북스는 (주)삼양출판사의 판타지 · 무협 문학 브랜드입니다.

강령술사

8

정은호 퓨전판타지 장편소설

FUSION FANTASY STORY & ADVENTURE

dream
books
드림북스

목차

Chapter 1
드래곤 로드 갈라르바브

우우으으응!

진동 소리가 동공에 울려 퍼졌다.

그 아무도 올 리 없는 넓은 공간. 그 공간에 그 말고, 누군가가 지금 다가오고 있었다.

백 년간 아무도 온 적 없는 그 공간.

오히려 그는 미소를 지었다.

아무것도 먹지 않고 영생을 누릴 수 있는 그였지만, 제 발로 찾아 온 별식을 마다할 리가 없는 것이었다.

그는 둥둥 뜬 채, 겁도 없이 자신의 성채로 들어온 존재에게로 다가갔다.

'인간이군.'

존재는 그리 생각하며 입맛을 다셨다.

그것도 암컷이었다.

게다가, 아직은 소녀라고 말할 수 있을 정도로 덜 여물어 있었다.

어린 인간 암컷.

이것보다 맛있는 것은 세상에 없다고 생각하는 그였다.

히류류류……

의식하지도 않았는데 벌써부터 위장이 요동쳤다.

그리고 그는 그 느낌이 나쁘지 않았다.

그는 느릿하게 몸을 움직여 앞으로 다가갔다.

저런 가녀린 것에겐 자신의 힘을 쓸 필요도 없었다.

그저 몸통으로 부딪치면 돌처럼 깨져 버릴 것이 분명했기 때문이다.

하지만.

퍼악!

튕겨 나간 것은 그였다.

소녀는 아무런 감흥 없이, 저를 향해 돌격하다가 튕겨 나간 그를 보고 있었다.

그는 소녀의 눈을 지금 처음 보았다.

소녀의 눈동자 색깔은 단 한 번도 본 적 없는 것이었다.

아니, 사실은 다 봐 온 색깔이었다.

소녀의 눈동자 색깔은 하나가 아닌 일곱 가지였으니까.

무지갯빛 눈동자가 쓰러진 그를 무미건조하게 바라보기만
했다.

그리고 그 고운 입술이 열린다.

"비홀더 킹."

쓰러져 있는 존재.

비홀더 킹은 눈앞의 소녀를 바라보며 눈을 부릅떴다.

소녀가 그 모습을 보며 피식 웃는다.

"몸 전체가 눈동자인 녀석이 눈을 부릅뜨니 우스꽝스럽구
나."

"……."

"저항하지 말지어다. 무의미한 생을 사느니 죽어서 나에게
오는 게 나을지어다."

츠츠츠츠츠츳.

말이 끝나기가 무섭게 그녀의 온몸이 무언가로 뒤덮이는
것이 느껴졌다.

눈이 좋기로 유명한 비홀더의 왕. 비홀더 킹은 눈을 부릅
뜨고 정신을 집중했다.

그러자 조금 전까진 보이지 않던 게 보이기 시작했다.

백색에 가까운 푸른색의 부드러운 털. 그 반투명한 것이

그녀의 몸을 뒤덮기 시작한 것이다.

그러더니, 그녀의 이마에 고운 뿔이 돋아났다.

두 개였다.

푸드르르르르!

비홀더 킹의 몸이 사시나무 떨리듯 떨리기 시작했다. 눈앞의 존재가 뿜어내는 한기에 그의 몸이 얼어붙기 시작한 것이다. 당장에 도망가려 했지만 그러기엔 너무 거리가 가까워, 반격을 당할 것만 같았다.

크르러렁!

비홀더 킹의 눈동자에서 빛의 선이 뿜어져 나오더니 소녀를 덮쳤다. 물론 소녀는 막았지만, 소용없을 것이다. 이것은 막는다고 되는 것이 아니니까. 이것에 직격하면 돌덩이처럼 딱딱하게 굳을 수밖에 없을 것이다.

절대적인 석화광선.

이것이 지금의 비홀더 킹을 있게 해 준 장기니까 말이다.

크로로로로롤.

흙먼지에 쌓인 눈앞을 바라보며, 비홀더 킹은 웃었다. 처음부터 이렇게 할걸 그랬다는 생각이 들자 자신이 바보 같아 보이기까지 했다.

헌데 그때. 들려서는 안 될 목소리가 들려 왔다.

"이긴 것처럼 웃는구나."

"······!"

비홀더가 그 소리에 눈을 부릅떴다.

그러자 눈앞에 비슷한 류의 빛이 번쩍 빛났다.

크루루루루루루!

비홀더 킹은 그 빛을 바라보자마자 눈이 멀어버렸다. 그러고는 몸이 돌처럼 굳어 갔다.

석화에 능한 그가, 오히려 석화에 당하고 있는 것이었다.

도대체 이게 어떻게 된 일인지 싶을 때, 친절한 설명이 그의 저승길로 인도했다.

"너만 석화를 사용하는 게 아니다. 의도한 것은 아니었으나 서로 비슷한 장기를 가지고 있구나."

무지갯빛이던 그녀의 눈동자가 회갈색으로 변해 있었다.

메두사.

그녀는 이전에 취득한 영혼을 비홀더 킹에게 사용하고 있는 것이었다.

"······!"

비홀더 킹은 움직이지도, 그렇다고 눈알을 굴리지도 못했다.

그저 곧게 뻗은 그녀의 손이 자신의 몸에 닿는 것을 지켜보고, 느끼는 것밖에 할 수가 없었다.

손이 닿자마자 비홀더 킹의 영혼이 블랙홀에 빨려 들어가

듯 손으로 이동했다.

영혼의 흡수.

그것은 순식간에 이루어졌고, 그녀의 이마에는 또다시 뿔 하나가 돋아났다.

"이로써 3개인가."

아홉 개를 모아야 한다.

"나머지 여섯 개라……."

그녀는 눈을 감고, 자신의 뿔이 되어 줄 만큼 강력한 영혼을 가늠해 보았다.

그녀는 눈을 감는 것만으로도 그리할 수 있는 능력을 가지고 있었다.

한참의 시간 동안 그녀는 눈살을 찌푸리고 있다가 눈을 떴다.

"얼마 안 되는구나."

구각랑의 뿔을 채워 줄 영혼은 이 세상 전체를 다 뒤져 보아도 몇 되지 않았다.

아홉 개가 되려면…….

"있는 자의 것을 빼앗는 수밖에 없는가."

그녀는 씩 웃었다.

"에리오르슈……."

그 증오스러운 이름이 그녀의 입술에서 흘러나오자, 이마가 툭 붉어지며 주변으로 암흑투기가 확 폭사되었다.

"흐음……!"

그녀가 이내 마음을 정심하게 다스렸다.

그러자 암흑투기는 서서히 그녀의 안으로 빨려 들어갔고, 다시금 정순한 무지갯빛 눈동자가 모습을 드러냈다.

"암흑투기가 너무 강하구나. 내 영혼이 오염되기 전에…… 어서 이 저주스러운 몸을 벗어던져야 하는데 큰일이다."

그녀는 한숨을 내쉬며 그 자리를 떠났다.

떠난 자리엔 비홀더 킹의 시체만이 돌처럼 굳은 채 널브러져 있을 뿐이었다.

                    *   *   *

"이봐. 이봐!"

경식은 주변을 둘러보며 소리 칠 뿐이었다.

그가 애타게 찾는 것은 다름·아닌 에리카였다.

"기다렸다는 듯 나와서 인사하라고. 넌 언제나 그래왔잖아!"

하지만 메아리만 칠 뿐 아무런 대답도 들려오지 않았다.

그녀와 함께 하던 이 자연스러운 공간엔, 이제는 그밖에 존재하지 않는 듯했다.

"죽은 건…… 아니지?"

죽었다는 생각은 들지 않는다.

운명공동체라서 느낄 수 있는 그런 종류의 감각이리라.

하지만 안심이 되지 않는다. 죽지 않았다고 해서, 살아 있다는 느낌이 드는 것은 아니었기 때문이다.

"젠장."

가슴이 답답했다.

들이마시는 공기에 먼지라도 잔뜩 낀 듯 폐포 사이사이를 긁고 지나간다.

그녀는, 지금 영혼의 존재마저 희미해져 죽기 일보 직전이다. 아니, 일부러 죽지 않게끔 누군가가 조치를 취하고 있다는 기분마저 들고 있었다.

에리카를 도구로써 이용하려는 누군가가 있다.

그리고 그것은 십 중 팔구, 드래곤 로드이리라.

드래곤 로드.

"갈라르바브……."

앞으로 그가 상대해야 할 존재의 이름이었다.

"하지만 어떻게?"

……상대는 드래곤 로드이고,

경식은 그저 꼬리 넷 달린 구미호를 등에 업은 고등학생일 뿐이었다.

"어떻게······."

그는 알지 못했다.

그리고 언제나 답과 비전을 제시하던 에리카는 사라지고 없었다.

공허한 울림만이 그의 귓가로 돌아올 뿐이었다.

어떻게······.

*   *   *

[괜찮아, 경식아?]

눈을 뜨자, 그곳에는 언제나처럼 구미호가 경식을 바라보고 있었다.

걱정스러운 얼굴이었다.

그 걱정스러운 얼굴에 부흥이라도 하듯, 경식은 애써 웃으며 자리를 털고 일어났다.

"얼마나 잠들어 있었어?"

[반나절 정도?]

"적당히 잤네."

자고 일어났는데, 딱히 해야 할 일이 없으니 허무하기만 했다.

"오늘도 아무 일 없지?"

광장에서의 대참극이 벌어진 지 일주일이 지났다.

제국은 그 사건을 수습하려고 동분서주 하고 있었고, 덕분에 경식 일행은 꿔다 놓은 보릿자루 신세가 되어 있었다.

이 보릿자루를 어떻게 처우할까.

그것이 아마 황실 측의 고역이리라.

그들이 볼 때, 경식 일행은 반란분자였고, 봐주듯 살려두고 있는 이들이었다.

그런 이들이 폭주하던 황제와 황실을 구해냈다.

민심은 황제에게 등을 돌렸다.

드래곤 로드와 빙의해서 어쩔 수 없었다는 사실을 민심은 몰랐다.

그리고 아이러니하게도, 경식일행은 그 사실을 안다.

가장 홀대하던 이들이 황제의 마음을 알아주는 유일한 이들이 되어 버린 것이다.

우선은 민심을 다스려야 하고, 어떻게든 핑계거리를 만들어야 한다. 그리고 그렇게 하기 위해선 어떻게든 경식 일행이 필요했다.

민심은, 광장에서 열렸던 지옥문을 닫게 해 준 경식의 편이었기 때문이다.

"우리에 대한 처우는 어떻게 되려나."

사실, 어찌 되든 간에 그건 중요하지 않았다.

"세상이 망해 가는데 그런 게 중요하진 않지."

경식의 중얼거림에 반응한 것은 구미호가 아닌 다른 이였다.

—흘흘. 그거참 고민이 많은 얼굴이로구먼.

익숙한 목소리.

그리고 벽을 넘어서 오는 혼령 하나가 있었다.

바로 왕년 노인이었다.

"오랜만이네요."

경식이 힘없이 손을 흔들어 보였다.

—왜 이렇게 힘이 없는가? 흐음, 물어보는 내가 바보인 게야?

"바보인 것 같네요."

—흘흘…… 나약해 빠져갖고 말이야.

왕년 노인이 경식을 힐난하자, 그걸 본 구미호가 버럭 목소리를 높인다.

[야이 노인네야! 정작 중요할 땐 어디에 있다가 이렇게 한가로울 때만 튀어나오는 거야?]

그 말에 왕년 노인이 찔끔 하며 뒤로 물러난다.

—아니 뭐 내가 도움이나 되었을까 모르겠구먼? 알다시피 나는 힘없는 한낱 영혼에 불과하지 않나, 구 선생?

[응원이라도 해야 할 거 아니야? 아니면 보면서 걱정이라

도 하든가! 적어도 중요할 때 그 자리에 없었던 주제에 경식이를 이러쿵저러쿵 힐난하지 말아줬으면 하거든?]

—끄응…… 그건 맞는 말이구려. 미안하게 되었네.

"아닙니다. 뭐 다들 사정이 있는 거니까요. 게다가 영혼이 된 이상 이쪽 일은 신경 안 써도 되는 부분이기도 하고. 그 죠?"

경식이 픽 웃으며 그런 말을 하자, 왕년 노인의 얼굴색이 약간은 어두워졌다.

—그렇게 생각하다니 조금 서운하구먼. 지금은 비록 영혼이지만, 죽기 전에는 인간이었다네. 그리고 내가 볼 때, 그 악랄한 갈라르바브가 인간의 영혼들이라고 가만히 둘 것 같지도 않구먼, 아마 인간이라는 종을 멸종시키고 나서 인간의 영혼들 역시 깡그리 없애버릴걸세.

"흐음…… 그럴 수도 있겠네요."

경식이 수긍을 하면서 고개를 끄덕이다가 문득 눈을 부릅떴다.

"갈라르바브?"

—……으잉?

"드래곤 로드의 본명을 어떻게 알고 있습니까?"

—……어엉? 어어어어…….

왕년 노인이 크게 당황한 듯 뒤로 찔끔찔끔 물러났다.

구미호 역시 미심쩍다는 듯 왕년 노인을 노려본다.

[뭐지? 뭔가 '나는 뭔가 알고 있소' 하는 얼굴인데?]

—아니 알긴 뭐, 뭘 알아? 내가 자, 잡지식의 보고 아닌가!

"그래도 드래곤 로드의 이름을 아는 건 좀 이상하다고 생각 하는데요……."

왕년 노인의 목소리가 더욱 당황으로 물들어 갔다.

—내, 내가 얼마나 오래된 영혼인 줄 아는가! 다 아는 방법이 있어. 다! 다~ 있단 말이야. 허험! 나, 나는 일이 있어서 가 봄세!

영혼을 막을 수는 없는 일이기에 그냥 보내려고 했다.

왕년 노인은 도망치듯 떠나가려 하다가, 그런 경식을 보며 한숨을 푹 내쉬더니 말을 이어 갔다.

—왕년에 말일세. 믿거나 말거나지만……자네와 같은 상황이 있었다네. 그때 나는 그 당시 황제였던 이를 어렵사리 설득했었지. 자네도 아마 그래야 할 걸세. 그래야…… 희망이 있지 않겠는가.

"……뭐라굽쇼?"

—그에게 희망을 보여 주게.

왕년 노인은 알 듯 모를 듯한 말을 내뱉더니 그대로 사라져 버렸다.

[도대체 뭐하는 놈이야, 저거?]

구미호가 힐난하듯 내뱉었고,

경식 역시 그녀의 말에 동의했다.

"그러게. 정말…… 뭐 하는, 아니……."

뭐 하던 사람이었을까?

경식이 그러한 생각을 하는 때에, 문에서 노크 소리가 울리더니 시종 하나가 경식에게 꾸벅 인사를 했다.

"점심에 회의가 있습니다. 예복을 갖춰야 하니 서둘러 일어나 주십시오."

"……아아?"

비몽사몽간이라 미처 생각을 못 하고 있었다.

정신을 잃은 황제가 몸을 추스른 뒤 공표한 공식적인 회담. 오늘이 바로 그 회담이 진행되는 날이었다.

       *   *   *

"안녕히 주무셨습니까!"

제이크의 우렁찬 목소리가 회당을 가득 채웠다.

경식은 언제나 한결같이 힘이 넘치는 제이크가 신기하기까지 했다.

'그런 일이 있었는데도 말이야.'

테카르탄과의 마지막 결전 당시, 그에게 무참히 패배한 것

은 제이크에게도 깊은 아픔일 것이다.

생각을 지운 경식이 제이크를 바라보며 씩 웃었다.

"네, 그럼요. 제이크는요?"

그 말에 제이크가 힘차게 대답했다.

"못 잤습니다!"

"그, 그것은 왜죠?"

"분해서 잠이 와야 말이지요!"

빠드드득!

섬뜩할 정도로 무시무시한 그 소리는, 제이크의 이가 갈리는 소리였다.

꿀꺽.

그가 지금 얼마나 분통해하는지 알 수 있는 대목이기도 했다.

"최선을 다 한 게 아니라면서요."

"그래도 진 것은, 진 것입니다. 그리고 최선을 다 한 것은 아니지만……."

제이크가 말 꼬리를 흐리며 한숨을 내쉬었다.

"적당히 한 것은 더더욱 아니었으니까 말입니다."

"으음…… 그렇군요."

"그리고 가장 분한 건, 정말 최선을 다해도 이길 수 있을지 없을지 장담을 할 수가 없다는 것입니다."

정말 분해하는 제이크의 모습은 처음 보는지라, 경식은 아무 말 없이 제이크의 커다란 어깨에 손을 얹어 줄 뿐이었다.

"서로 힘내죠!"

"그래야죠!"

"다들 모이셨군요."

오르거와 아란츠. 그리고 고른 백작이 나란히 걸어오고 있었다. 마계의 문이 열렸다가 닫힌 이후로, 그들의 유대관계는 상당히 돈독해진 모양인지 격이 없어 보였다.

'하긴. 그런 일이 있었으니.'

자신 역시 제이크와 철의 군대와도 유대가 깊어진 듯하다.

그리고 그 깊은 유대는 전투력으로 화하겠지.

'그런 것들이 필요해. 어떻게든.'

경식은 자신이 직면한. 아니, 전 인류가 직면한 이 일의 심각성을 느끼며, 서둘러 회의장으로 향했다.

회의장에는 이미 황제가 상석에 앉아 있었고, 몇몇 대신들이 그의 앞에 조용히 시립했다.

모두가 황제를 보며 바들바들 떨었다.

황제가 뿜어내는 기운이 너무나도 흉흉했기 때문이다.

'주변에 풀 한 포기 자라지 않을 것 같네.'

그 기운은 지독한 투기였다.

그리고 그 기에 눌린 모든 대신들이 쥐 죽은 듯 있는 것이고 말이다.

황제는 경식 일행의 등장을 보고서야 씩 웃음을 머금었다.

그러고는 박수를 치며 일어났다.

"이게 누구신가. 역전의 용사들 아니신가. 그대들이 이곳에 있었기에 얼마나 다행이던지 말이야!"

짝. 짝. 짝. 짝. 짝!

황제는 박수를 쳤고, 대신들은 경식 일행을 확인하곤 따라서 박수를 쳤다.

짝짝짝짝짝짝.

열화와도 같은 박수갈채였다.

'으음⋯⋯.'

예상을 하긴 했지만, 경식 일행을 바라보는 느낌이 이전과 달라져 있었다.

아니. 달라진 정도가 아니라 뒤집혔다고 봐야 했다.

경식 일행은 저들 모두의 생명을 구한 은인 격이 되었기 때문이다.

'무안하지만 지금의 우리에겐 이만큼 좋은 상황도 없지.'

경식이 말하려고 하는 바는, 모두에겐 고개를 갸웃하게 만드는 것일지도 몰랐다. 말도 안 된다며 이상하다 생각할지 몰랐다.

그런데 그 말도 안 되는 말을 생명의 은인이 한다고 생각하면, 받아들여줄 사람이 적지만은 않을 것 같았다.

'우선 황제의 말부터 들어 봐야겠지.'

황제가 어떻게 나오느냐가 관건이었다.

도대체 무슨 말을 하려고 모두를 불렀을까?

그런 생각을 하며, 경식은 박수갈채 속에서 고개를 숙여 예를 표했다.

"해야 할 일을 했을 뿐입니다."

"겸손 그만 떨게. 자네가 아니었으면, 난 아마 죽음을 면치 못했을 걸세."

"아…… 그렇군요."

"자, 이제 자네들까지 모였으니, 모두에게 내 생각을 말하겠네."

황제가 좌중을 둘러보았다.

대부분 그와 눈을 맞추지 못하고 힐끗힐끗 피했지만, 황제는 상관치 않았다.

"계획대로, 마도국을 칠 것이다."

……!

좌중이 얼어붙었다.

그리고 경식 일행 역시 고개를 갸웃했다.

지금 이 상황에서 마도국에게 총공세를 벌이는 것은 좋지 않은 판단이기 때문이다.

그리고 과연. 신료 하나가 소리쳤다.

"폐하. 그것은 아니 됩니다."

그 말에, 황제가 서슬 퍼런 기세로 그 신료를 노려보았다.

그리고 그 기세는, 말 그대로 패왕의 기세였다.

'빙의로 쇠약해졌던 황제가 회복되니 이렇게 되는구나.'

아무리 나이가 있다고 해도, 황제의 핏줄은 그대로였다. 게다가 황제는 젊은 시절 소드 익스퍼트 최상급까지 올랐던 전적이 있는 자이니, 그 기세가 대단할 만했다.

"왜 아니 된다 하는가? 그렇다면 지금 이 사단이 났는데 잠자코 있자고?"

"그 말이 아니오라……."

"그 말이 아니면 어떤 말인가, 도대체!"

"……!"

모두가 고개를 조아리고 기세가 짓눌리는 가운데, 일어난 신료는 자신의 말을 계속 해나갔다.

"지금은 때가 아닙니다. 이번 일로 인해 잃은 귀족들과, 인명 피해가 이만저만이 아닙니다. 사건이 일어난 후가 이전보다 군사력 수준이 3할 이상 하락하였습니다."

군사력 자체는 이상이 없었다. 하지만 군사들을 통제하는 지휘관들이 줄초상을 당했다.

지금 이곳에 있는 이들 중에도 아들을 잃은 아버지가 있었고, 형이 있었고, 아예 죽어서 이 자리에 없는 이들 역시 존재했다.

"모든 슬픔을 애도할 시기입니다. 이런 시기에 전쟁을 준비한다는 것은……."

"그렇기 때문에!!"

황제가 그의 말을 일축했다.

"그렇기 때문에 더욱 필요한 것이다. 이 증오를 터뜨릴 곳이 말이야."

증오를 터뜨릴 곳.

그곳은 마도국이다.

하지만 그것은 황제의 생각일 뿐이었다.

이곳의 모두는, 증오를 터뜨릴 곳이 마도국이라고 생각하지 않았다.

아들을 잃은 대신이 그 말에 핏대가 서서 발작하듯 소리쳤다.

"당신 때문에 내 아들이 죽었다!!"

그리고 그것은 시작에 불과했다.

물꼬가 트이자 모든 대신들이 들고 일어나 황제를 규탄하기 시작했다.

"당신이 이상한 주문을 외우니까! 하늘에 구멍이 뚫리고 그때부터 모두가 죽어가기 시작했어!!"

"나도 죽다 살아났어! 죽을 뻔한 목숨! 네놈에게 죽는 한이 있어도 말해야겠다!"

너 때문에 모두가 죽었어.

모두가 너 때문이다!

너 때문이야!

"큭……."

황제는 헛웃음을 터트렸다.

"그게 왜 나 때문이지?"

황제가 되물었다. 정말. 전혀 왜 자신 때문인지 모르겠다는 표정을 지으면서 말이다.

그리고 경식은 판단했다.

'기억을 애써 하지 않고 있는 거야. 충격적인 일을 머릿속에서 지웠다.'

충격적인 사실은 인지하고 있는 것 자체가 고역이다. 괴롭다. 급기야 자신이 무언가에 씌어서 이 모든 일을 일으킨 것이라면 더더욱 견디기 힘들었을 것이다.

황제는 아픈 와중에 그 기억을 지운 것이다. 그렇지 않으면 이렇게 살아 있지 못할 정도의 충격이었으니까. 충분히 이해한다.

'아마 황권이 압도적으로 강하지 않았더라면 반란이 일어나도 열 번은 더 일어났겠네.'

경식이 그렇게 생각하는 가운데, 멍한 표정을 지속 있던 황제의 표정이 종잇장처럼 일그러지기 시작했다.

기억이 나기 시작한 것이다.

"아니다. 나는…… 나는……!"

챠앙!

푸들푸들 떨던 황제가 허리춤에서 검을 집어 들었다.

"내가 그런 게 아니다아아아!"

황제는 어린아이처럼 소리치며 검을 집어던졌다.

던져진 검이 향한 곳은 소리를 박박 지르던 신료의 이마 정 중앙이었다.

물론 신료의 머리가 뚫리지는 않았다.

이마를 뚫기 바로 직전 경식이 재빨리 검을 잡아챘기 때문이다.

"휘유."

경식이 검의 날을 그대로 쥐고, 황제에게로 걸어갔다.

황제 역시 충동적으로 한 일이었고, 그런 가운데에 경식이 대신 검을 집자 더욱 당황했다.

경식은 황제에게 검을 넘겨주었다.

모두가 다시금 숨을 죽였다.

"제 생각도 다른 분들과 같습니다. 전쟁은 무의미합니다."

"……"

생각이 정리가 되지 않은 상황에서 원래 주제로 돌아가자, 황제가 마음을 가다듬었는지 거침없이 말했다.

"왜 그렇게 생각하는가. 저들과 의견이 같음인가? 자네도 내가 이 사건에 연루되었다는 의심을 하는 것인가?"

그 말에, 모두의 눈이 다시금 일그러졌다.

경식은 그런 황제의 눈을 똑바로 쳐다보며 말했다.

"폐하께선 치매가 아니십니다."

"그렇지. 이제 더 이상 치매가 아니다."

"아니 애초에 치매가 아니셨습니다. 그저 거대한 영혼에게 빙의되어 꼭두각시처럼 움직이셨을 뿐입니다."

"무슨 개소리인가!"

"현실을 부정하지 마십시오! 지금은 그럴 정도로 여유 있는 상황이 아닙니다!"

경식이 그리 말하며 황제의 팔을 잡아챘다.

여느 때 같았으면 불경죄로 목이 잘릴 짓이었지만, 아무도 경식이 잘못했다고 생각지 않았다.

심지어 황제조차 그런 생각을 하지 못했다. 왜냐면 잡아채인 팔에서 묘한 기운이 흘러 들어와 그의 머리를 점령했기 때문이다.

경식의 소울에너지.

정확히 말하자면 붉은 어금니의 소울 에너지였다.

그 소울에너지가 황제의 온몸을 돌며, 이상한 부분을 치유하기 시작했고, 재생하기 시작했다.

기억하기 싫은 기억마저도 모두 재생되었다.

그리고 그 재생 된 기억을 받아들이는 황제의 눈동자가 퉁방울보다 크게 부릅떠졌다.

"끄아아아아아아아아아악!"

황제가 소리를 지르며 머리를 부여잡았다.

그러고는 혼잣말을 중얼거리기 시작했다.

"나, 나를 다시금 점령할 거야. 마, 막아야 한다. 막아야 해. 다, 당장에 ……당장에……하지만 어떻게……어떻게……?"

급기야 황제는 고양이에게 쫓기는 생쥐처럼 쥐구멍이라도 찾으려는 듯 도망치기 시작했다.

경식은 그런 황제를 연민어린 눈초리로 바라보며 말했다.

"제이크!"

"명 받잡습니다!"

제이크는 경식이 무슨 말을 할지 미리 알기라도 했듯, 튕기듯 나아가 황제의 온몸을 포박했다.

아무리 황제가 소드 익스퍼트 최상급까지 도달했던 무인이라지만, 제이크에겐 그저 어린아이일 뿐이다.

"놔라! 내가 이곳의 황제다! 무사할 성싶은가!!"

"난 단 한분의 명령만 받는다."

꽈아아악.

더욱 포박하자, 황제가 더욱 발버둥 쳤다.

경식은 재빨리 다가가 그런 황제의 이마에 손을 얹었다.

곧이어, 그의 손에서 파란 기류가 뿜어져 나오더니 황제의 눈, 코, 입, 귀를 통해서 들어갔다.

그것은 소울에너지가 아니었다.

경식이 품에 가지고 있던 드래곤 하트.

그곳에서 뿜어져 나온 드래곤의 마나였다.

때문에, 대신들에게도 뚜렷하게 그 기운이 보였다.

모두들 넋을 놓고 황제가 안정되는 과정을 지켜보았다.

"하아아아아아."

"휴우!"

경식이 한숨을 내쉬며 이마를 훔쳤다. 이마에는 어느새 땀이 흥건하게 젖어 있었다.

"안정이 좀 되시나요?"

"……고맙네."

황제는 경식이 자신의 몸에 어떤 짓을 했는지 알지 못했다. 하지만 경식의 행동으로 인해 마음이 안정되어 가는 것이 느껴졌다.

그것도 아주 많이 말이다.

뭐랄까. 마치 무언가가 자신을 지키는 듯한 느낌이랄까?

"폐하를 괴롭히던 녀석이 다시금 폐하를 지배하지 못하도록, 동급의 힘으로 막아 놓았습니다."

"그, 그런가……."

"더 이상 지배당하시는 일 없으실 겁니다. 그러니 이제 안심하고, 받아들이세요. 그리고 이걸 바라보는 여러분들?"

경식이 고개를 돌린 뒤 입을 열자, 대신들이 움찔 몸을 떨었다.

"저는 전쟁이 무의미하다고 생각하지만, 여러분과는 다른 의미입니다. 모두들 저에게 집중을 해 주실까요?"

경식이 쥐고 있던 드래곤 하트를 들어 보였다.

"이것을 바라봐 주십시오. 이제부터, 많은 걸 설명해야 합니다. 그리고 그것은 제 일행과, 황제 폐하 역시 마찬가지입니다."

"……으, 그럼세. 그렇고말고."

고분고분해진 황제는 드래곤 하트를 뚫어지게 바라보았다.

다른 대신들 역시. 그리고 제이크를 포함한 경식 일행 역시 마찬가지였다.

드래곤 하트는 영롱한 푸른빛을 띠고 있었다.

그리고 그 빛에, 모두가 빨려 들어가는 느낌을 받으며 정신을 잃었다.

*   *   *

"모두가 넋 놓고 있군."

경식은 이곳에 있는 모두를 둘러보며 묘한 생각에 잠겼다. 자신 역시 블루 드래곤 제르커스에게 이 세계의 비밀(?)을 들을 때 저런·멍한 표정이었나 하는 생각도 들었다.

하지만 그런 생각을 한 지 10초도 지나지 않아 모두가 눈을 부릅뜨며 놀라워했다.

이럴 수가!

그곳에 있는 모두는 경악으로 물든 채, 엄청난 비밀을 알아버려 감당하기 힘들다는 표정을 짓고 있었다.

'나보다 더하네.'

경식은 일단 이 세상의 사람이 아니었기 때문에 '아, 그런 일이 있었구나'라고 생각하고 말았지만, 이 세상에서 태어나고 자란 이들은 좀 많이 다른 듯했다.

"세상에…… 그런 일이."

"그러면 우리는 이제…… 죽는 건가?"

황제가 미쳤고 어쩌고, 심지어는 자신의 아들이 죽어서 원통하고 뭐고도 없었다.

인류 전체가 씨몰살 당하게 생겼는데 그런 원한을 가질 만큼 옹졸한 이는 적어도 이곳에는 없는 듯했다.

게다가 그런 증오를 불태우려면, 이제 대상이 바뀌었다.

황제 역시 피해자였다.

드래곤 로드.

갈라르바브.

그 어마무시한 드래곤들의 수장이 그들의 철천지원수였다.

모든 사실을 알아 버린 황제가 얼떨떨한 표정으로 말했다.

"내가…… 내가 정말 엄청난…… 이에게 괴롭힘을 당하고 있었군."

경식이 담담하게 고개를 끄덕였다.

"1천 년을 산 마도국의 총수 따위가 아닙니다. 그 역시 어찌 보면 피해자라고 할 수 있겠지요. 이 모든 것은 드래곤 로드의 계략인 겁니다. 그리고 그 계략은, 드래곤 하트를 다시금 얻어냈고, 그 드래곤 하트의 출력을 온전히 견딜 수 있는 몸을 얻게 되었으니 본격적으로 힘을 발휘할 겁니다. 그러니까 마도국을 친다는 건 말도 안 됩니다. 의미가 없어요. 잘 벼려진 칼날에 스스로 뛰어드는 것과 같습니다."

"……"

황제는 입을 다물고 한동안 말이 없다가 간신히 입을 열었다.

"그렇다면 어찌하면 좋겠는가?"

드래곤 로드가 어느 정도 힘을 되찾았고, 완전히 부활하려고 하고 있다.

완전히 부활한 후엔?

모든 드래곤들이 돌아오고 인류는 씨몰살 당한다.

지금 공격을 하는 것은 자살행위.

하지만, 공격을 하지 않아도 죽는 것은 마찬가지이다.

"그렇다면 싸워야 하지 않겠는가?"

황제의 말에, 모두가 약간씩은 수긍하는 눈치였다. 조금 전과는 또 다른 반응이었다. 이제는 이곳에 있는 모두가 같은 마음이 되어 가고 있었다.

당하기 전에 쳐야 한다.

분명 그런 생각들일 것이다.

하지만 경식은 고개를 내저었다.

"자살행위입니다. 말씀드렸다시피, 칼날에 달려드는 것과 똑같습니다. 그것도 칼날을 피하는 게 아니라, 칼날 자체를 부수러 가는 거면 더더욱 말이지요."

"그래도 어쩔 수 없지 않은가? 그 칼에 베어 죽게 생겼는데 말이야."

"막아야지요."

"……?"

경식의 말에 모두가 고개를 갸웃했다.

막는다는 게 무슨 뜻일까? 달려들다가 막으라는 뜻인가? 그런 막연한 의미는 아닌 것 같은데?

모두들 이러저런 표정을 지으며 경식의 다음 말을 기다렸다.

"달려들 필요 없습니다. 어차피 알아서 달려들 것이니까요."

"어차피 드래곤 로드가 만전의 상태가 되면, 제국부터 칠 것이고, 그렇게 되면……."

"드래곤 로드는 만전의 상태에서 제국을 치지 못합니다. 왜냐면 제국의 중심부에 드래곤 로드가 원하는 것이 숨겨져 있기 때문이지요."

"……?"

"제르커스에게 모든 것을 듣진 못한 모양이군요. 그가 원하는 게 이곳에 있습니다."

모두가 고개를 갸웃했다.

경식은 모두에게 들릴 정도로 크게, 또박또박 이야기를 해 나갔다.

"이곳의 선조들은 바보가 아니었습니다. 젖과 꿀이 흐르는 드래곤 랜드를 그냥 둘 이유가 없지요."

"그게 무슨 말인가?"

황제의 반문에 경식이 또박또박 이야기했다.

"드래곤의 영혼이 모두 빠져나가고, 불모지가 된 이곳으로 제국은 수도를 옮겼습니다. 드래곤 로드의 레어는, 다른 곳도 아닌 이곳. 제국의 수도 깊숙한 지저에 존재하지요."

"……!"

자신들이 태어나 밟고 살아가던 땅.

그 땅이 1천 년 전에는 드래곤 랜드였고, 그 아래에 드래곤들의 시체가 도사리고 있다는 사실은 모두를 경악하게 만들기에 충분하고도 남음이 있었다.

"드래곤 로드는 분명 이곳으로 올 것입니다. 아무리 육체를 얻었다고 해도 그것은 미완전하고, 점점 힘이 줄어들고 있을 테니까요. 그러니 우리에게 필요한 건 시간입니다."

드래곤 로드의 레어가 있는 곳의 좌표를 알아내고,

그곳으로 파내려가서,

D—CODE에 도달하여 모든 것을 끝내는 것.

그것만이 드래곤 로드를 막을 수 있는 유일한 방법일 것이다.

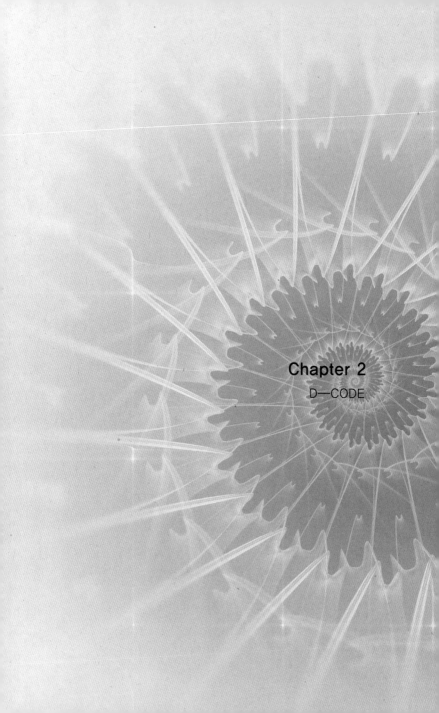

Chapter 2
D—CODE

　그 이후의 일은 일사천리로 진행되었다. 역시나 제국의 모든 권력층이 모여 있는 곳에서, 그곳에 있는 모두에게 그러한 사실을 가르쳐 주니 살기 위해서라도 모두 협조했다.

　해야 할 일은 사실 따지고 보면 간단했다.

　드래곤 로드의 디코드가 있는 장소.

　즉, 살아생전 드래곤 로드의 레어가 있던 곳으로 오는 것을 막는 것. 하지만 그것은 불가능에 가깝다.

　그렇다면, 최대한 드래곤 로드가 그곳으로 오는 것을 막아야 한다.

　경식이 디코드에 도달하여 그것을 조작, 모든 것을 무위로 만들 때까지 말이다.

"디코드를 부수는 건 안 되나요?"

경식이 허공에 대고 그렇게 말하자, 대답이 들려 왔다.

여우구슬 안에 있는 블루 드래곤 제르커스였다.

[그럴 수 있었다면 진작 그랬겠지. 그것은 로드만이 만질 수 있는 물건이기 때문에, 정확하지 않은 버튼을 마구잡이로 눌러서 분탕질을 쳐 놓을 수밖에 없었던 것이지.]

"그러면 어떻게 하죠?"

[우선 찾아야겠지. 그리고 이번에는 반드시 전원을 꺼야겠지.]

그 말에, 경식이 고개를 갸웃했다.

"일전에, 디코드가 꺼졌다고 하지 않으셨어요?"

[아니. 사실은 꺼진 게 아니라, 초기화가 된 것이었다.]

디코드의 초기화 버튼을 눌렀기에, 모든 드래곤들의 몸에서 영혼들이 이탈하여 디코드 앞으로 집합(?)했었던 것이다.

[만약에 전원을 껐었더라면, 모든 드래곤 하트들을 마계로 보낼 필요도 없었겠지.]

"그것은 왜인가요?"

[드래곤이라는 존재 자체가 무로 돌아갔기 때문이다.]

디코드. 드래곤을 관장하는 코드기관.

그것은 태초에 창조되었고, 말세가 될 때까지 계속해서 켜져 있어야만 하는 것이다.

그렇게 약속되어 왔던 것. 그것이 꺼지면, 드래곤도 없다.

"그렇게 되면 당신은 어떻게 되나요?"

제르커스가 씩 웃었다.

[무로 돌아가겠지.]

"……두렵지 않으세요?"

그 말에, 제르커스가 유쾌하게 말을 받았다.

[두렵다. 하지만, 그것이 끝을 낼 수 있는 유일한 방법이라면 그렇게 해야겠지.]

"……"

왠지 숙연해진다.

"그럼 제가 할 일은, 드래곤 로드가 디코드로 가기 전에 먼저 가서 전원을 끄면 되는 거죠?"

[그렇지.]

"쉽지 않나요? 당연하지만, 레어가 어디에 있는지는 잘 알 것 아닙니까?"

드래곤 로드의 레어.

그것은 누구보다 드래곤 로드가 잘 알 것이다.

하지만 드래곤 로드를 제외한 다른 드래곤들 역시 드래곤 로드의 레어에 자주 방문했었고, 그중에 제르커스 역시 포함되어 있었기 때문에, 그 역시 레어의 위치를 알고 있었다.

[알고는 있다. 하지만, 지금의 너로선 그곳에 도달하는 것이 불가능하다.]

드래곤 로드의 레어.

그곳은, 이곳에서는 유르제라고 불리우는 호수 밑바닥에 있는 벽 너머였다.

깊이만 2천 미터.

그리고 그 최고 수심 밑, 두께 20미터 너머에 있는 드래곤 로드의 레어 입구. 인간이 물리적으로 들어갈 수 있는 종류의 수준이 아니었던 것이다.

"그러면 어떻게 하죠?"

[힘을 길러야 한다. 이곳으로 들어갈 수 있는 힘이.]

그리고 그러려면, 최소 소울베슬 3단계는 되어야 한다.

"하지만 그게 마음먹는다고 되는 게 아니잖아요."

그 고강한 제이크도 소울베슬 3단계였다. 소울베슬 3단계가 되면 이미 인간이 아닌 경지에 오르는 것. 그리고 경식은 아직 2단계도 제대로 소화하지 못하고 있는 상태였다.

한시가 급한 상황에서 느긋하게 힘을 기를 수도 없었고, 방법도 없었다.

[아니, 방법이라면 있다.]

우웅!

우우우웅!

순간, 가지고 있던 드래곤 하트 중 하나가 밝은 빛을 뿜었다.

마나를 총괄하는 드래곤 하트였다.

[본디 마나라는 것은 소울 에너지가 만들어 내는 부산물. 하지만 그 부산물의 양이 너의 그릇을 채우고도 남음이 있다면, 그것을 포용하기 위해 그릇이 강제로 커질 수밖에 없겠지. 그렇게 되면 3단계가 될지도 모른다.]

"아니 그러니까 그게 무슨……?"

제르커스는 단호하게 말했다.

[내 드래곤 하트를 입으로 먹어라.]

"……?"

[낮은 확률로 죽을 수도 있지만, 너를 믿어라.]

"못 믿겠는데요."

믿기 싫었다.

[하지만 선택의 여지가 없다.]

계속해서 제르커스가 재촉하는 바람에, 결국 경식은 드래곤 하트를 입안에 가져다 댈 수밖에 없었다.

*   *   *

드래곤 하트의 흡수는 참으로 간단했다.

말 그대로 흡수. 입으로 가져가는 것이다. 드래곤 하트가 입으로 들어가자 식도가 얼어버리는 듯한 느낌을 받았다.

그와 동시에 위가 얼고, 간이라는 장기의 고통이 느껴질 즈음 온몸이 꽁꽁 얼 것만 같은 느낌을 받게 되었다.

그리고 그 이후, 온몸이 팽창하는 것 같은 느낌과 함께 눈알이 튀어나올 것 같더니, 눈알이 뇌 속으로 쑥 들어갈 것만 같은 느낌이 이어지기를 반복했다.

말 그대로 경식의 몸을 누군가가 쥐고 흔드는 것 같았다. 그리고 그 느낌이 정확했다. 그는 지금 드래곤 하트에 저장되어 있는 마나에게 휘둘리고 있었다. 그때 제르커스의 목소리가 그의 머릿속에 스며들었다.

[막대한 마나. 그것이 드래곤의 마나다. 위대하지만, 마나는 마나일 뿐이다.]

마나는 마나일 뿐. 그 상위 개념인 '소울 에너지'보다는 분명히 못 하다. 아무리 큰 아름드리나무라 하더라도, 잘 드는 보검이라면 자를 수 있다.

물론 시간이 문제다.

더군다나 그 아름드리나무가 그에게로 쓰러져 오는 상황이라면, 아무리 보검을 들고 있어도 힘이 들겠지.

[그렇다면 도끼로 바꿔라. 같은 등급의 도끼로 바꿔야 한다.]

이상한 말이었지만 번뜩 이해가 되었다.

소울 에너지의 응용.

그가 마음속에 가지고 있는 소울 에너지의 심상은 '검'이다. 하지만 지금 필요한 건 나무를 벨만큼, 한 번에 많은 힘이 들어가는 도끼.

움직이지 않는 대상을 가장 효율적으로 절단할 수 있는, 힘 전달이 가장 좋은 도끼.

그 도끼를 상상하자, 몸에 있는 압력이 조금씩 약해졌다.

몸이 도끼로 변한 것이고, 그 도끼로 몸 안속을 후벼 파고 있는 마나에 맞서고 있는 것이었다.

맞서는 것을 넘어서, 이제 베어 넘겨야 한다.

그리고 베어 넘겨야 하는 대상은, 자신의 주인이 아닌 이에게 삼킴 당함으로써 발악하고 있는 제르커스의 드래곤 하트 그 자체였다.

그 심장이 가지고 있는 에고(자아).

경식은 눈을 감았다.

그러자, 에리카와 이야기를 나누어 왔던 심상 공간이 모습을 드러냈다.

그리고 그곳에 떠오른 것은, 먼지바람으로 이루어진 실타래처럼 생긴 둥그런 구슬이었다.

드래곤 하트의 에고.

그리고 어느새 경식의 손에는 거대한 도끼가 들려 있었다.

드래곤 하트의 에고가 파르르 몸을 떨었다.

자신이 있는 곳을 어떻게 찾은 건지, 점차 번지는 의문에 몸을 주체할 수 없는 듯했다.

경식은 그런 드래곤 하트의 에고 위로 양손 가득 쥔 도끼를 내리쳤다.

화아아앙!

바람의 기운이 터져 나가며 태풍이 친 듯 주변에 요동쳤다.

경식은 그 태풍의 눈을 끌어안았다.

마음이 편안해지며 수면 위로 그의 의식이 급부상했다.

벌써 이틀이라는 시간이 지나 있었다.

* * *

[괜찮아?]

구미호가 경식을 멍하니 쳐다보고 있었다. 괜히 휴식을 방해하기 싫었던 모양이다.

"와…… 뭐지. 엄청 개운한데."

개운한 정도를 넘어서 뭐든지 할 수 있을 것만 같았다. 힘이 넘쳐서 주체를 할 수 없다고 하는 게 맞는 표현이리라.

드래곤 하트를 흡수했다.

그 엄청난 양의 마나가 그의 몸을 통해 고고히 돌고 있었다. 그러는 와중에, 다른 하나의 드래곤 하트에서 음성이 흘러나왔다.

제르커스였다.

[너는 마나를 사용할 필요가 없는 존재이다. 하지만 이제 마나가 충분히 차고 넘치는구나.]

사용할 필요가 없는 것을 가지고 있을 필요는 없다. 그렇다고 버릴 필요도 없다.

그의 입맛에 맞게 소울 에너지로 바꿔야 했다.

"소울 브리딩을 하면 수십 년은 걸릴 것 같은데."

드래곤의 마나는 실로 방대했다. 그 덕에 그의 그릇의 크기가 기하급수로 커졌지만, 그렇다고 해서 내실이 탄탄한 건 아니었다.

그릇의 크기는 빛 좋은 개살구처럼 너무 커져 있었고, 그것을 알맞게 줄이며 속을 꽉꽉 채우는 과정. 그것이 바로 모든 마나를 소울 에너지로 바꾸는 과정이었다.

하지만 그 시간이 너무 오래 걸릴 것 같고, 시간은 없었다.

그때, 옆에서 보고만 있던 구미호가 말했다.

[군이 혼자 흡수할 필요 없잖아. 우리가 있어.]

"아!"

구미호가 말한 우리란, 경식의 여우구슬 안에 있는 영혼 전

부였다. 그들 역시 영혼이고, 당연하지만 소울 에너지를 다룰
수 있었다.

그들에게 경식의 마나를 주고, 소울 에너지로 바꾸게 한 후
다시금 반환케 하여 경식이 흡수하여 취합한다.

쓱쓱쓱!

경식은 구미호의 꼬리를 칭찬하듯 쓰다듬어 주었다.

"좋아! 잘했어. 아주 좋아! 아주 효율적이야!"

[무, 무슨 짓이야! 어머? 이, 이러지 말래두?]

"으하하하하핫."

기분이 좋아졌다.

신이 나서 여우구슬 속의 영혼들에게 자신의 의견을 말하
자, 모두가 긍정적이었다.

단, 한 마리의 영혼만이 고개를 갸웃했다.

갓 경식과 함께하게 된, 바람의 최상급 정령 도브로였다.

[물론 난 이견이 없다구. 날 믿어 줘서 고맙다구. 하지만 다
른 영혼들을 난 믿을 수 없다구구.]

비둘기의 형상을 해서일까?

경식의 몸 안으로 들어온 이후 본 성격이 나오기 시작하면
서 말투가 제법 귀엽게 바뀌었다.

경식은 터져 나오려는 웃음을 참고 있었다.

대답은 다른 영혼들이 대신 해 주었다.

[취이익! 경식과 나의 관계. 그것은 주종관계가 아닌 평등 관계! 그걸 의심하는 게! 갓 들어온 네놈이라 참는 거지 원래 는 한계! 취이이익!]

회색 바람이 자신을 뭐로 보냐는 듯 그르렁거렸다.

그 옆에서 웬일로 붉은 어금니가 회색 바람을 두둔했다.

[톨톨톨. 도브로라고 했나. 네가 어떤 생각을 하는지는 알 지만, 우리는 좋아서 이곳에 있는 것이지 이곳에 갇혀 있는 것 이 아니다.]

[……구구구구?]

에리오르슈 가문이 건재할 당시부터 사령의 보옥에 갇혀 있었던 도브로로서는 언뜻 이해가 가지 않는 부분이었다.

그리고 이곳의 거의 모두라고 할 수 있는 영혼들이 자신처 럼 사령의 보옥에 갇혀 있던 이들이었고, 그렇기 때문에 이 이 색적인 '감옥'에 대해서 그다지 정이 없을 거라고 판단했던 것이다.

도브로가 어떻게 생각하건 말건, 옆에 있던 투마마저 심드 렁하게 콧방귀를 뀌었다.

[투마다. 나는. 말했다. 지킨다. 진명. 자존심.]

투마. 그녀는 자신의 진명을 말해 준 이에 대해 예의를 갖 추는 것이 자신의 자존심이라고 말하고 있다.

투마의 옆에서 푸른 바람이 피식 웃으며 고개를 끄덕였다.

[그렇다고 하는군. 나 역시, 마나를 받은 만큼 흡수할 생각이지만 다시금 반환할 생각을 하고 있소이다. 바람의 상급정령이시여. 그러니 당신의 의심은 저들. 아니, 나를 포함한 '우리'에겐 크나큰 실례이지.]

[구구……]

결국 도브로는 침묵을 한 채 한동안 말이 없다가, 시무룩해져서 고개를 끄덕였다.

[모두를 의심해서 미안하다구.]

[뭐, 이곳에 처음 왔으니 다들 이해를 하지요.]

경식의 여우구슬 안쪽은, 사령의 보옥과 차원이 다른 곳이었다.

도브로 역시 아직은 혼란스럽겠지만, 경식이 이들에게 하는 행동과 대우가 어떤지, 그리고 그 끈끈한 유대가 어떠한 것인지 느낀다면 곧 생각을 바꿔먹겠지.

"이야기가 끝났으면, 이제 엄청난 것을 받아들일 준비를 해줘야 할 것 같은데? 모두들 준비 됐어?"

모두들 침묵으로 긍정했다.

경식은 망설임 없이 자신이 가지고 있는 막대한 마나를 여우구슬로 풀어 넣어 마음껏 날뛰게 하였다.

경식의 온몸을 휘돌던 마나가 여우구슬로 쑤셔 박히듯 들어갔다.

그리고 그것을 영혼들이 받아먹었다.

회색 바람, 붉은 어금니, 투마, 푸른 허무, 바람의 최상급 정령까지.

물론 구미호는 말할 것도 없다.

여섯 마리의 영혼이 경식과 함께 마나를 받아들이고, 그것을 자신의 소울 에너지로 변환시켰다.

소울 에너지를 다룰 줄 아는, 영웅 급의 영혼들 다섯과 구미호, 그리고 경식이 한꺼번에 마나를 소울 에너지로 변환시키자, 조금 전과는 흡수되는 속도가 판이하게 달랐다.

시너지 효과도 확실해서, 모르긴 몰라도 경식이 혼자 흡수하는 것보다 족히 20배는 빠를 터였다.

두 달 걸릴걸 삼일 만에 해결할 수 있었다.

하지만, 그럼에도 불구하고 마나는 줄어들 기미를 보이지 않았다.

"과연 드래곤의 마나는 방대하네요."

제르커스가 복잡한 심경이 되어 말했다.

[나의 마나는 방대하다. 이걸 다 흡수하려면, 아무리 지금 상태라도 일주일은 넘게 걸리겠구나. 과연 나의 마나라고 뿌듯해 해야 할지, 아니면 시간이 촉박한 상황에서 슬퍼해야 할지 모르겠다.]

"저는 슬프네요."

말을 하는 경식의 이마엔 실핏줄이 돋아나 있었다. 지금 이 와중에도 열심히 마나를 소울 에너지로 치환 중인 것이다.

하지만 점차적으로 몸이 안정되어 가는 느낌에 안도감이 들기도 했다.

마치 한계점을 초월하여 빵빵하게 부푼 풍선이, 견딜 수 있을 정도의 크기로 회귀하는 느낌이다.

'다 흡수하려면 2주 정도 걸린다고 했지?'

흐음.

그 사이에 무엇을 해야 할지, 경식은 그 누구보다 잘 알고 있었다.

*   *   *

며칠이 흘렀다. 드래곤 하트의 마나를 흡수하는 것이 점차적으로 수월해지자 경식은 다시금 황제를 알현했다.

황제는 경식의 말 한마디에 하던 일을 내팽개치고 접견실로 향했다.

"폐하를 뵙네요."

"그래, 나를 뵙지. 무슨 뾰족한 수인가?"

뭔가 급한 듯한 말에, 경식이 픽 웃어버렸다.

"방어 준비를 어떻게 하고 계신가해서 여쭤보려고 왔습니다."

"아아, 안 그래도 그런 준비에 밤낮 없이 일하고 있었네만."

황제는 지금 상황을 설명했다.

우선, 황제는 모든 병력을 수도로 끌어모으고 있는 상태였다.

당연하지만 제국은 입헌군주제.

황제가 영주에게 그 영지에 대한 모든 권한을 넘기고, 영주는 그 권한을 받아 영지를 잘 통치한다.

그리고 징집 명령이 내려지면 군사를 내어 황제가 있는 곳으로 향하는 것이다.

하지만, 원래대로라면 모든 병력을 내어 줄 수는 없는 노릇이다. 농노들이 반란을 일으킬 수도 있고, 외적이나 산적이 영지를 노략질할 수도 있기 때문이다.

그리하여 대부분의 경우, 황제가 징집 명령을 내릴 경우 최소 병력은 영지에 남겨놓는 것이 관례였다.

황제는 그 최저병력까지 가지고 오라고 명령을 내린 상태였다.

"물론, 덕분에 황권까지 위태로워졌지만 말일세."

가뜩이나 황제의 위치는 위태롭다. 그런데 지키는 병력까지 다 끌어 모아 수도에 때려 박으라는 말이 다른 영주들에게는 기껍게 들릴 리가 없는 것이다.

"하지만 옳으신 결정이네요."

맞다. 옳은 결정이었다. 어차피 수도가 뚫려서 드래곤 로드의 레어로 드래곤 로드가 도달하는 순간 인류는 끝이라고 봐야 했으니까 말이다.

"하지만 모두가 그걸 모르니까요."

"그러게 말일세. 어쩔 수 없지. 아마 이번 전쟁이 끝나면, 어떻게든 후계를 정해야겠어. 이거, 오랜만에 열심히 하니 힘이 너무 드는군."

"그래서 모인 인원은 얼마나 됩니까?"

"120만일세."

최정예는 30만 정도. 나머지 90만 중 반수 이상은 아직 훈련이 필요한 중하급 병사들일 것이라고 덧붙였다.

"엄청난 숫자네요."

120만의 싸울 수 있는 성인남성이라니?

이들이 모두 전멸하는 것만으로 제국의 존폐가 좌우되는 느낌의 어마어마한 숫자였다.

경식은 새삼 자신들이 하려는 것이 얼마나 무겁고 무모한 짓인지 자각하며, 더욱 결의를 다졌다.

"그들 중 기사는 얼마나 됩니까?"

"5만일세."

황제의 목소리엔 자신감이 넘쳤다.

제국은 기사의 나라라고 불릴 정도로 기사의 숫자가 많았다. 물론 마법 병단도 상당하지만, 마법 병단은 마도국이 압도적으로 강력했다.

하지만 기사에 있어서는 제국이 우세하다.

120만의 병사 중 기사가 5만이라는 비율은 정말 말도 안 되는 비율이다.

'이걸 다행이라고 해야 하나?'

경식은 웃어야 할지 울어야 할지 정하지 못했다.

그 애매한 표정을 본 황제가 고개를 갸웃했다.

"기사의 숫자가 부족한가?"

"아니 너무 많아서요."

경식은 자신이 하고자 하는 것을 황제에게 말했다.

그것을 들은 황제가 처음에는 기쁨으로, 하지만 마지막 말까지 듣자 우려 섞인 표정을 지으며 눈을 질끈 감았다.

"황실의 국고가 텅텅 비겠군."

"모르긴 몰라도, 고른 백작님의 창고도 텅텅 빌 것 같습니다."

"다른 영주들도 마찬가지겠지."

"그렇……겠지요?"

"농담이 아니라, 정말 앞으로 황제 계속 해먹긴 글러먹었군."

허허!

황제는 허허롭게 웃었다.

모든 것을 내려놓은 사람의 후련한 표정이 그의 입가에 가
득 번졌다.

*　　　*　　　*

마도궁의 회의실은 오랜만에 사람들이 꽉 들어차 있었다.

모두가 고개를 숙이고 있지만, 숙이고 있는 고개 아래에 있
는 얼굴 표정은 모두가 오만하기 그지없다.

앞에서는 복종.

하지만 뒤에서는 언제든 찌를 칼을 갈고 있는 족속들.

그들이 바로 마도국의 주축이 되는 여덟 권속들이다.

그리고 그들을 총괄하는 마도국의 총수가 가장 상석에 걸
터앉아 있었다.

천 년을 산 살아 있는 전설!

헌데 어째 지금은 그 천 년의 세월마저 무색하게 할 만큼
나이가 들어 보였다. 후 불면 죽을 같은 느낌이 든다.

하지만 그런 느낌을 받으면서도 모두가 아무 말도 할 수
없었다.

총수가 앉아 있는 권좌 뒤에는 또 다른 권좌가 있다. 그 권좌에 걸터앉은 것은 다름 아닌 청초한 여인이었는데, 그녀는 존재만으로도 모두를 압도하였기 때문이다.

청초함. 수려함. 보는 것만으로도 정화가 되어 가는 느낌.

그 모든 긍정의 아우라는 이 더럽고 추악한 곳에서 홀로 고고하고 아름다웠다.

'마음에 들지 않아.'

모든 데스 워리어들을 관장하는 네크로멘서, 게르시가 절하듯 푹 숙인 얼굴을 씰룩였다.

얼마 전부터 이 회의에 참석한 저 여인은, 언제고 본 적이 있는 얼굴이었다.

하긴, 잊을 수가 없겠지.

에리오르슈 가문의 차기 가주인 에리오르슈 에리카였으니까!

에리오르슈 가문을 칠 당시, 그를 죽음 직전까지 몰아넣었던 에리오르슈 라무의 유일한 딸. 그리고 몇 년 후, 이렇게 멀쩡하게 걸어 나와 모두를 내려다보고 있는 그 얼굴.

곱게 보일 리가 없었다.

대부분 그 전쟁 같은 탈환전에 참여했던 이들이라 그런지 게르시와 같은 생각이었다.

그런 가운데 마도국의 총수가 남은 수명을 토해내듯 힘겹게 입을 열었다.

"모두들…… 들어 주어라. 나는 눈앞의 고고한……분
께…… 나의 모든 권한을…… 드리려한다……."

"……?!"

쾅!!

"그게 무슨 말입니까, 총수!"

한 사내가 땅을 박차고 일어났다.

마도국의 다크 소드마스터.

마도국을 대표하는 무력집단 200기의 데스 나이트들의 주
인!

이 성질 급한 사내가 마도국의 총수에게 눈을 부라렸다.

"당신, 미친 거야!"

그 불경한 말에 대답한 것은 다 죽어 가는 마도국의 총수
가 아니었다.

"후후후! 아무리 내가 들어가 있지 않다고 해도 마도국의
총수일진대…… 총수. 천 년 전이나 지금이나 무능한 건 여전
하군."

"……."

소녀의 독설에 마도국 총수는 반성이라도 하듯 고개를 푹
숙였다. 일인지하만인지상을 이룩하고 있다고 자부하고 있어
야 하는 그의 꼴이 말이 아니게 되었다.

"네년은 무엇인데 말에 끼어든단 말이냐."

"네놈은 무엇인데 총수가 나에게 권한을 넘겨준다는데 끼어드는 것이냐."

빠드득.

그 말에, 사내의 이가 빠드득 갈렸다.

더 이상 못 참겠다는 듯, 그는 손아귀에서 오러를 뽑아내어 검 한 자루를 만든 후 소녀에게로 달려들었다.

소녀. 에리카의 탈을 쓴 갈라르바브는 그 모습을 보며 코웃음만 칠뿐 피하거나 막지 않았다.

카칵!

그의 검은 갈라르바브를 베지 못했다.

시커먼 검 한 자루에 가로막힌 그는, 믿을 수 없다는 눈으로 자신의 검을 막아선 이를 보았다.

거대한 키에 깡마른 인상. 처음 보는 이었다.

"검격이 형편없군. 이렇게 막혀서야 되겠는가."

게다가 자신에게 훈계까지 하고 있다.

마도국 최강이라는 자신에게 감히 건방지게……!

"끄아아앗!"

그는 쥔 검을 더욱 몰아붙였다. 그가 밟고 있는 대리석 판에 쩌적 금이 갔다.

하지만 테카르탄의 검은 단 한 치의 미동도 없었다.

"이자를 어떻게 하오리까."

오히려 갈라르바브에게 말까지 거는 여유를 보여 준다.

"어차피 쓸모없는 몸. 죽여라."

파칵!

그 말이 끝나기가 무섭게, 그는 자신이 자랑하는 검은 오러와 함께 두 동강이 나 바닥을 굴렀다.

"……!"

그리고 그 모습을 바라보는 나머지 일곱의 권속의 눈동자에 진한 살기와, 긴장감이 역력하게 얼비쳤다.

마도국의 총수는 다시금 떨리는 목소리로 말을 이었다.

"나는…… 이분에게 나의…… 모든 권한을 드리려 한다. 반대하는 이는…… 지금 말하도록……하라."

이미 한 명이 죽은 마당에 반대할 수 있는 사람이 이곳엔 없었다.

모두가 권력자이고, 모두가 강한 자였지만, 눈앞의 테카르탄이라는 미지의 존재에게 이미 기가 눌려버린 탓이다.

'다크 소드마스터를 한 방에 보내다니!'

아무리 마도국에 기사 세력이 약하다고는 해도, 그것은 제국에 비해서지 절대로 강함에 있어서 뒤처지지는 않는다. 그런 기사들 중에서 최고의 무력을 갖춘 그가, 눈앞의 남자에게 너무 쉽게 일격을 허용하고 목숨을 잃은 것이다.

이곳에 있는 이들 중 이런 힘을 내뿜을 수 있는 존재는 단언컨대 단 한명도 없었다.

마도국의 총수가 피가래 끓는 기침을 하며 말을 마쳤다.

"그럼 이것으로…… 나의 역할은 끝났습니다. 주군이……시여."

"잠들라."

그 무심한 한 마디에, 총수의 짓무른 눈동자에서 눈물이 한 방울 뚝 떨어졌다.

"감사합니다. 감사합니다!"

저를 죽여주십시오.

눈물까지 흘리며 고마움을 표한 마도국의 총수가 내뱉은 한마디.

그것이 모두의 눈동자를 부릅뜨게 만들었다.

갈라르바브는 테카르탄을 보며 고개를 끄덕였다.

언제 이동했나 싶게 총수의 옆에 나타난 테카르탄이 그의 심장에 검을 꽂아 넣었다.

푸우우욱!

"끄으윽!"

총수는 웃으며 죽어갔다.

털썩.

절대자의 죽음이 남기는 감정은 의외로 복잡하지 않았다.

모두의 시선이 갈라르바브를 향했다.

그리고 진심으로 고개를 조아리며 바들바들 떨었다.

"새로운 총수를 뵙습니다."

"눈치가 빠른 이들이군."

갈라르바브가 픽 하고 웃음을 머금었다.

그 웃음은 진한 경멸을 머금고 있었다.

"인간들이란, 이렇게 간사하군. 너희들이 이런 건 알고 있었고, 오늘 다시 확인을 하니 참으로 재미지구나."

"……"

이곳의 모두는 뭐라고 할 말도 없었고, 당황스러울 뿐이다.

그런 가운데, 갈라르바브가 말을 이어 갔다.

"이 몸에 구각랑이 있고, 뿔은 3개뿐이다. 케헤. 그리고 메두사와 비홀더 킹. 모두 다 강력하여서 구각랑의 뿔이 형성될 수 있었지만, 너희는 그게 아니구나."

그렇게 말한 갈라르바브가 일곱 명의 권속들을 품평하듯 바라봤다.

"아무리 잘 쳐줘도 뿔 2개가 전부. 이것이 마도국의 수뇌라고 말하는 이들의 전력이라니 서글프도다."

거기까지 말한 갈라르바브가 그들에게 처음이자 마지막 명을 내렸다.

"죽어라. 그리고 너희의 영혼을 이 몸에게 바쳐라."

좌아아아!

그 말이 끝나기가 무섭게 일곱 명의 권속들이 갈라르바브에게로 달려들었다.

온갖 흑마법과 소환마법, 그리고 파괴 자체를 관장하는 기운이 어우러진 마법들이 허공에 수놓았다.

모든 마법들이 7서클 이상 수준의 해괴한 마법들이었다.

갈라르바브는 피식 웃으며 손을 들어 올렸다.

그것만으로 모든 마법이 허공에 못 박히듯 서버렸다.

그리고 봄 눈 녹듯 사라진다.

모두가 얼빠진 표정을 지으며 갈라르바브를 바라볼 뿐.

"고송영창을 하면 내가 모를 줄 알았더냐. 너네들의 수가 훤히 보인다."

"우리를 왜 죽이려 합니까!"

"시키는 대로 다 하겠습니다. 우리가 필요할 겁니다!"

갈라르바브가 피식 웃었다.

"어차피 너희는 모두 죽는다. 마도국. 제국. 기타 변방국 할 것 없이 모두를 죽일 것이다. 인간이란 종족을 이 세상에서 지워 버릴 것이다. 그러하니 뽈이 많으면 많을수록 좋겠지."

굳이 그들의 대답을 기다려 주지도 않았다.

갈라르바브가 손을 뻗자, 그들의 몸 역시 그들의 마법처럼 허공에 박히듯 움직일 수가 없게 되었다.

"처리하겠습니다."

그리고 테카르탄이 와서 그들의 목을 베어 버렸다.

피가 흐르고 시체에서 오물이 흘러나왔다.

"더러운 족속은 어떻게 해도 더럽구나."

슥.

갈라르바브는 인상을 찌푸리며 옷섶을 풀어헤쳤다.

뽀얀 젖가슴이 드러남과 동시에, 그곳에 걸려 있는 사령의
보옥이 파르르 떨리며 여덟 권속들의 영혼을 모두 빨아들이
기 시작했다. 그리고 그것을 모두 빨아들이자, 사령의 보옥에
성애가 끼더니 꽁꽁 얼어붙었다.

그의 입가에 만족스러운 웃음이 그려졌다.

"이들을 흡수하셨습니다. 군대의 지휘는 어떻게 하실 겁니
까?"

테카르탄의 우려 섞인 말에, 갈라르바브가 빙긋 웃었다.

"군대 지휘는 나 하나로도 충분하다."

쩍. 쩌저적—!

"그리고 곧. 나의 몸과, 나의 일족의 명예를 찾을 것이다."

어느새 갈라르바브의 이마에서 다섯 개의 뿔이 고드름처럼
돋아나고 있었다.

Chapter 3
5만의 철의 군대

제국에는 때아닌 축제 같은 게 벌어지고 있었다.

그렇다고 축제는 아니었다. 기사들끼리 서로의 실력을 겨루는 장이었다.

그렇다면 축제가 맞나?

아니, 그 취지가 모두 흥에 겨우라는 취지가 아니고 오히려 엄청나게 도발적인 것이어서, 수도에 모인 5만 남짓은 기사들은 자존심이 상해 있었다.

너희들은 100명의 철의 군대. 산하에 들어가야 한다.

이게 무슨 청천병력 같은 말인가?

철의 군대란, 에리오르슈 가문이 가지고 있는 특수 기사단이었다. 그리고 지금에 와서는 고른 백작 산하에 있는 기사단으로 대부분 오해하고 있었다.

그 오해 가풀리지 않은 상태에서 오래 가고 있으니, 거의 진실시 되고 있다.

그리고 그 사실에 따르면 고작 백작 휘하의 기사단 100명이다.

그 100명에게 5만의 기사가 복속하라는 황명이 내려왔다.

아무리 황명이라지만 마음속으로부터 수긍하지 못한다. 가뜩이나 황제의 권위가 바닥으로 떨어지기 일보 직전인 상태에선 더더욱 그러했다.

그런 와중에 안건이 나온 것이 있었다.

바로 짧은 튜토리얼이었다.

"너희가 철의 군대를 인정하지 못하는 이유는 분명 무력일 것이다. 너희 중 몇몇이 더 강하다고 생각하겠지."

5만의 기사는 다양했다. 소드마스터 하급도 있었으며, 중급, 상급. 그리고 간혹 최상급도 몇몇 존재했다. 물론 소드마스터도 세 명 정도 있지만, 이들은 따로 제이크와 오르거가 손을 봐줄 생각이라 튜토리얼에서 제외시켰다.

제국 전체의 기사들.

사람들은 서열을 정하기를 좋아한다. 이들 중에서도 최강자가 있었고, 그런 이들 100명을 선출하여 철의 군대와 튜토리얼 경합을 벌이게 하려는 것이었다.

기사들 모두가 인정할 만한 무력과 유명세를 갖춘 오만한 기사들 100명. 그들 중에는 최상급도 있었고, 상급도, 중상급도 몇 존재했다.

그들은 아레나 경기장 한구석에 빙 둘러앉아 자신의 맞은편에 앉아 있는 이들을 보았다.

그들 역시 100명.

똑같은 갑옷을 입고, 똑같은 무표정을 고수한 채 그들을 시선을 아무렇지 않게 받아 내고 있는 철의 군대였다.

'흥! 한낱 기사단 주제에 오만하기 그지없군.'

누군가의 생각이었다. 그리고 이곳에 모인 모두의 생각이기도 했다. 그들은 어느 정도의 실력과, 그 실력에 과잉되는 엄청난 자존심으로 무장한 상태라 무서울 것이 없었다.

게다가 아무리 기사단과의 싸움이라지만, 그들이 우세하기도 했다.

왜냐면 룰은 팀 대항전이 아닌, 튜토리얼이었으니까.

튜토리얼이란 한 명이 나와서 그 한 명이 쓰러질 때까지 계속 로테이션이 도는 것을 말한다.

물론 한 명으로 100명을 상대할 순 없겠지만, 그것은 체력이 없어서일뿐 실력 때문이 아니다. 그러니 20명을 넘기지 않고 눈앞의 철의 군대 100명을 모두 처리하는 것이 급하게 모인 기사들의 공통적인 생각이었다.

'아무렴 자존심이 있지. 제국 전체 기사들이 어찌 저딴 놈들의 휘하에 들어가야 한단 말인가? 5만의 철의 군대? 황제 폐하가 미쳐도 단단히 미쳤군.'

모두가 그런 오만한 생각을 하고 있는 사이, 그런 기사들의 멍청한 얼굴을 보며 경식은 혀를 끌끌 찼다.

'아무리 봐도 우리 기사단 상대가 안 될텐데.'

경식은 크게 걱정하지 않았다. 솔직히 이 바쁜 시기에 튜토리얼이라니, 말도 되지 않는다고 생각했다.

경식은 자신의 혼정석을 꽉 쥐고, 모두에게 염을 보냈다.

—봐주지 마요. 저들의 자존심을 무참히 밟아버려요. 그럴 수 있죠?

100명의 생각이 단 한 사람의 생각처럼 뚜렷하게 경식의 머리를 울렸다.

—여부가 있겠습니까!

그 이후 펼쳐진 결과는 불을 보듯 뻔했다.

처음엔 한 명의 기사가 나와서 너스레를 떨었다.

"애송이들아! 네놈들 중 가장 강한 녀석부터 나에게 오라!"

도발에 굳이 넘어가 주었다.

철의 군대에서 가장 강한 기사. 아놀트가 그의 앞에 섰다.

"근소한 차이라지만, 우리들 중에서 가장 강하다."

"후후. 도토리 키 재기! 거기서 거기겠지. 애송이여, 선수를 양보해 주겠다."

아놀트가 피식 웃었다.

"그렇다면 얼마든……."

쾅!

"……지……."

털썩.

아놀트의 어깨 차지 공격에 미처 대비를 하지 못한 기사는 방패조차 들지 못한 채 그대로 뒤로 나가떨어졌다.

"이겼군."

비겁한 놈!

나머지 기사들이 들고 일어나 소리쳤다. 비겁하다는 둥, 기사도에 어긋난다는 둥. 그 말을 들으며 아놀트는 관중석에 앉아서 자신들을 보고 있는 제이크에게로 시선을 옮겼다.

'제가 이전에 저랬습니까?'

기사들의 모습은, 철의 군대가 되기 전의 자신의 모습과도 같아 보였다.

아놀트는 피식 웃으며 검을 들어 올렸다.

"다음번엔 내가 선수를 양보할 테니 할 수 있다면 똑같이 한 번 해 보거라. 그리고 약속 하나 하지."

아놀트의 눈동자가 묘하게 빛났다.

"너희 백을 상대함에 있어, 나 혼자로 충분할 것이다."

백 명을 모두 자신이 쓰러뜨리겠다는 말.

그 건방진 말에 모두가 분개했다.

"그럼 나부터 막아 보거라!"

어렵지 않게 막았다.

"나는 다를 것이다!"

다르지 않았다.

"위대한 제란 가문의 후예가 너를 죽이러 왔다!"

제란 가문이 얼마나 위대한지 몰라도 눈앞의 이는 더없이 초라했다.

백 명의 기사가 아놀트에게 당하는 데에 걸린 시간은 2시간이 채 걸리지 않았다.

"휘유."

짝짝짝짝짝짝.

경식을 포함한 제이크, 아란츠, 오르거, 고른 백작, 그리고 황제의 박수 소리가 잔잔하게 들려 왔다.

아놀트는 고개를 숙여 보인 뒤 자신의 자리로 돌아갔다.

튜토리얼이 끝이 났고, 그 결과가 빠르게 공개되었다.

황궁 여기저기에 주둔해 있던 5만의 기사들은 패닉에 빠졌다. 자신들이 믿고 내보낸, 자신들의 대표 100명이 철의 군대 따위에게 지다니!

그것도 단 한 명에게!

"아놀트! 그자가 강한 것입니다!"

"다른 이들은 오합지졸일 겁니다!"

"다른 이들의 실력을 우린 보지 못했습니다!"

"인정할 수 없습니다!"

그 말에, 황제의 칙서가 도착했다.

글씨는 처음부터 끝까지 피처럼 붉었다.

상당히 화가 나 있다는 증거.

***졌다면 승복을 하라. 난 나의 기사가 옹졸한 것을 참을 수
가 없다.***

"……."

제국의 기사면 곧 황제에게 충성서약을 맺은 기사.

그들은 그 한 마디에 깊이 반성하였다. 실지로 튜토리얼에
참여하였던 100명의 기사들이 와서 하는 이야기를 들어 보고
는 더더욱 반성하게 되는 계기가 되었다.

완전하게는 아니겠지만, 모두들 승복을 하는 눈치였다. 그
리고 그 정도면 되었다. 지금의 철의 군대처럼 완전한 충성을
바라는 것도 아니고, 그냥 의념만 전달할 수 있으면 되는 수
준이니까. 그 이상은 바라지도 않는다.

'괜히 이런 걸로 시간만 낭비하고 말이야.'

말은 이렇게 했지만, 경식 역시 무언가를 준비하는 데에 시간이 걸리고 있었다. 오히려 경식 쪽에서 준비가 늦어서 기사들이 기다려야 하는 상황이었다.

"그래도 어쩌겠는가. 내가 늦은 건데."

고른 백작이 피식 웃으며 덧붙였다.

"그래도 내 영지에서 나온 모든 마정석을 이곳으로 가져온 것일세."

"네. 겨우 물량을 맞췄네요."

눈앞에는 마정석의 산이 쌓여 있었다.

무려 약 50만개.

액수로 따지면 정말 천문학적인 액수였고, 일생을 살아가며 다시 한 번 볼까 말까 한 진풍경이기도 했다.

고른 백작의 영지에서 약 30만 개 정도. 그리고 여타 영지와 황궁 국고를 탈탈 털어서 가까스로 맞춘 물량이었다.

저것을 5만 개의 하급 혼정석으로 만들어야 했다.

그러려면 경식의 머릿속에 있는 마법진을 종이에 쓰고, 그 종이에 쓴 마법진을 초대형 마법진으로 다시금 그려 넣어야 한다.

그 작업은 슈아와, 제국의 마법병단이 함께 작업을 하고 있었다.

그 작업 역시 늦어지고 있었다.

슈아가 진땀을 흘리며 투정을 부렸다.

"마법진이 너무 커. 들어가는 시약조달도 너무 버거워. 아마 일주일은 있어야 완성이 될 것 같아."

"그렇게 시간 오래 걸리면 안 되는 거 알잖아?"

"그래도 어떻게 해. 엄청 열심히 하고 있는데도 안 되는 걸."

하긴. 아무리 보채도 안 되는 건 안 되는 것이기 때문에 경식은 그 시간 동안 소울브리딩에 열중하여 마나를 소울 에너지로 치환하는 것에 힘썼다.

일주일 걸린다는 작업이 끝을 보였다.

"뭐야. 빨리 됐네!"

"밤낮 없이 열심히 한 덕분이지. 틱틱 대지 말고 칭찬을 좀 해 주겠어, 오라버니?"

"그, 그래. 정말 잘했어."

발동된 마법진 위에 50만개의 마정석을 올려놓았다.

그리고 총 100여 명의 궁정마법사들이 동시에 주문을 외웠고, 그것을 슈아가 관장하며 주문을 외웠다.

수레가 요사스러운 빛을 뿜어냈다. 마법사들의 표정은 곤혹스럽게 변했고 땀방울이 방울방울 맺혔다. 슈아 역시 마찬가지. 힘겨운 표정을 지으면서도 입술을 연거푸 달싹였다.

경식이 그런 슈아의 머리에 손을 얹고 소울 에너지를 주입했다.

조금 편해진 얼굴이다.

3시간이라는 시간이 흐르자, 수레에서 빛나던 빛이 잦아들었다. 마법사들 역시 하나둘씩 탈진하기 시작했다.

그리고 1시간이 더 지나자, 반수 이상의 마법사들만이 서 있었고 모두가 탈진했다. 슈아역시 경식이 소울 에너지를 주입해 주지 않았더라면 쓰러졌을 것이다.

수레에 고봉처럼 쌓여 있던 마정석들이 쑥 꺼진 듯 없어져 있었다.

안쪽을 보니, 마정석보다 조금 더 씨알이 굵은 거무튀튀하고 볼품없는 보석들이 무광으로 빛났다.

하급 혼정석.

"드디어 완성이구나."

이제 경식이 고생을 할 차례였다.

*　　　*　　　*

황궁은 그야말로 거대했다.

어쩜 5만 명이 넘는 인원을 모두 세워놓을 수 있는, 평야

같은 터가 존재할 수 있단 말인가?

덕분에 살았다.

5만 명을 전부 세워 놓고 해야 한 번에 끝나는 일이기 때문이다.

경식은 언덕 위에서 5만 명의 기사들을 내려다보았다.

아니, 정확히 말하자면 5만여 명의, 아직 철의 군대가 되지 않은 기사들과 100명의 철의 군대들이었다.

우선 경식은 철의 군대들에게 이미 각각의 혼정석을 회수한 상태였다. 반대로 5만 명의 기사들에겐 하급 혼정석을 하나씩 나눠 주었다.

그리고 자신은 하급 혼정석 10,000개를 섞어서 만든 축구공 크기의 거대한 혼정석을 들었다. 100명의 철의 군대를 관장하는 기존의 혼정석은 그것대로 가지고 있었다. 그것은 주먹 크기이지 이렇게 무식하게 거대하지 않다.

이것은 5만 명을 관장하게 될 혼정석.

그것에 철의 군대가 가지고 있던 100개의 혼정석을 우선 링크시켰다.

츠으으읏.

혼정석 100개가 동시에 깜박였다. 그리고 마치 동기화라도 되듯, 농구공 만한 거대 혼정석 역시 깜빡거린다.

이것으로 링크가 완료된 것이다. 이것으로 철의 군대 100

명에게 명령을 내릴 수 있게 되었다.

그리고 이것은 시작에 불과했다. 앞으로 5만 명에게 이 작업을 계속해야 했다.

그리고 그러려면 경식 혼자서는 불가능. 경식은 철의 군대 100명에게 각각 자신의 혼정석을 가져가라고 명한 후 그것이 완료되자 다음 명령을 내렸다.

"한 분당 500명씩 맡으셔야 합니다. 아마 무리일 거예요. 하지만 제 기운을 여러분들에게 주입하면 괜찮을 겁니다."

경식은 의념을 통해서 100명에게 링크 방법을 가르친 뒤, 5만 명에게 마음을 풀고 명상을 하라고 언질을 주었다. 모두 고개를 끄덕이며 명상에 잠겼다.

기사들이 명상에 잠기는 것은 쉬웠다. 그저 정좌를 취하고 마나심법을 시전하면 되는 일이기 때문이었다.

5만 명이 거짓말처럼 조용해졌다.

경식은 철의 군대에게 자신의 기운을 주입했다. 철의 군대 100명은 벼락이라도 맞은 것처럼 몸을 부르르 떨더니, 자신이 배정받은 각각 500명에게 기운을 주입하는 무형의 선을 그었다.

기운이 이어졌다.

'끄억!'

경식은 한 번에 훅 빠져나가는 소울 에너지의 빈자리를 느끼며 휘청거렸다. 이렇게 있다간 1분이 채 지나지 않아 경식 안에 있는 모든 소울 에너지가 바닥이 날 것 같았다.

하지만 소울 에너지는 그만 가지고 있는 게 아니었다.

아직 완벽하진 않았지만, 대부분 드래곤 하트를 흡수하여 소울 에너지로써 영혼을 가지고 있었기 때문이다.

영혼들은 경식의 몸에 자신의 소울 에너지를 아낌없이 퍼 부었다.

여우구슬에서 뿜어져 나온 소울 에너지가 경식의 몸에 폭 사되었다.

육체는 다른 영혼들의 소울에너지임에도 불구하고 마치 본래 가지고 있던 힘처럼 당연하게 받아들여 당연하게 휘둘 렸다.

빠르게 빠져나가던 힘이 조금씩 차오르는 것을 느끼며 경 식은 미소 지었다.

'정말 상상 이상의 출력이잖아?'

이 정도면 힘으로 산을 쪼개버릴 수도 있을 것만 같았다. 마치 자기 자신이 무적이 된 느낌.

'집중. 집중.'

경식은 널뛰려는 기분을 부여잡고 눈을 감았다. 곧이어 더 욱 많은 양의 소울 에너지가 뿜어져 나와 100명의 철의 군대 에게. 그리고 철의 군대는 5만 명의 기사들에게 그 기운이 흡수 되었다.

기사들은 난데 없이 들어온 소울 에너지에 흠칫 놀랐지만, 그 기운을 쳐내지 않았다. 오히려 환영할 만한 기운. 자신들을 강하게 만드는 기운이라 어떻게든 흡수를 해야 한다는 사실을 본능적으로 인지했다.

잉크가 종이에 스며들 듯 빠르게, 그리고 착실하게 경식과 모든 영혼의 소울 에너지가 기사들에게로 이전되었다.

그리고 그러는 와중에, 경식은 5만 명의 기사들에게 뚜렷하게 자신의 의지를 전달했다.

내가 너의 주인이다. 라는 강압적인 의사가 아니었다. 그저 함께 하자. 그래야 우리는 살 수 있고, 내일을 도모할 수 있다. 그래야 우리와 당신들의 가족이 살 수 있다는 것을 알렸다.

모두가 수긍했고, 눈을 떴다.

경식 역시 거대한 혼정석에서 손을 떼었다.

혼정석은 더 이상 거무튀튀한 색깔이 아니었다.

5만 명과 링크된 혼정석의 색깔은 찬연한 황금색으로 빛나고 있었다.

*   *   *

5만의 철의 군대가 완성된 후, 이틀을 쉬었다.

쉴 수밖에 없었다.

그만큼 많은 양의 소울 에너지가 빠져나갔으니, 회복에도 그만큼의 시간이 걸린 것이다.

이틀 내내 소울 브리딩에 열중했다.

한 번 빠져나간 기운이 다시 되돌아오는 것은 상당히 많은 시간을 요했다.

결국 이틀이라는 시간이 지나고서야 그는 원래 몸 상태로 돌아올 수 있었다. 그리고 그것은 5만 명의 기사들 역시 마찬가지였다.

5만 명의 기사들은, 너른 평야에 섰다.

제국의 수도 바로 앞.

마도국이 진군해 들어오면 본격적으로 총격전을 벌일 수 있는 장소였다.

그곳을 모두 둘러볼 수 있는 장소 위에 황제와 경식이 서 있었다.

그리고 경식은 사람 머리통만 한 크기의 황금색 구슬을 들고 있었다.

"이것으로 모두를 조종할 수 있습니다. 아니, 조종이라기보다는 명령이고, 그것에 따르는 것이니 과정이 좀 다르겠네요."

하지만 그것이 한 동작처럼 빠르기 때문에, 명령을 하고 움직이는 과정이 생략된 것처럼 느껴지는 것이다.

경식은 평야를 바라보며 의념을 전달했다.

기사들이 그대로 따르며 움직였다.

앞 열은 한 명. 그 뒤는 두 명. 그 뒤는 세 명. 네 명. 다섯 명. 이런 식으로 순식간에 5천 명의 기사들이 대열을 만들었다. 위에서 그것을 바라보자, 그것의 모양은 영락없는 세모 모양이었다.

그리고 나머지 4만5천 명 역시 그와 같은 대열을 만들자, 10개의 삼각형이 평야에 쭉 들어찼다.

장관도 이런 장관이 없었다.

"……"

황제는 그 광경을 보고 할 말을 잃어버렸다.

"보통 5만 명이 이 대열을 만들기 위해서는 피나는 노력이 필요할 걸세."

사람은 아무리 합동 생활을 해도 생각이 다 다른 법이다. 반응속도도 다르다. 아무리 열심히 대열을 짜려고 준비해도, 이렇게 정확한 모양의 대형이 나오기는 어렵다. 하물며 5만 명이 거대한 정삼각형 10개의 모양을 만들려고 한다면 여기 저기서 잡음이 생기고 발이 꼬여 급기야 도미노처럼 넘어지고 사고가 날 것이 분명했다.

그런데, 너무나도 깨끗하게 대열이 완성되었다.

5만 명이 태어나서 지금까지 밥 먹고 자는 것을 제외한 모든 시간을 투자해야 가능할 법한 일을, 소울 에너지로 링크되었다는 이유만으로 가능해진 것이다.

"아직 놀라긴 이릅니다."

경식이 다시금 황금색 혼정석에 손을 대고 의념을 전달하자, 열 개의 정삼각형을 이룬 대형 중 아홉 개의 삼각형이 하나씩 모여서 거대하고 큰 정삼각형이 되었다. 그다음엔 대형이 둥근 공처럼 되더니 순차적으로 회전하기 시작했다. 그것은 마치 날이 달린 톱니바퀴 같았다.

이것들은 다 경식의 머릿속에서 나온 그림이었다.

그리고 5만 명의 철의 군대는 그것을 그대로 구현시키고 있었다.

"이게 바로 의념통합의 힘입니다."

"허허허허. 허허허허허허허허. 부럽구먼."

황제는 할 말을 잃고 허허롭게 웃기만 했다.

자신의 기사들이 강해졌는데도 씁쓸한 마음이 더욱 컸다.

철의 군대 자체가 에리오르슈 가문의 비전이고, 이제 5만의 기사들이 오롯이 경식의 말을 듣는 장기말이 되었다는 사실 때문이었다.

황제를 연임하거나 계속 이 무거운 자리에 앉아 있을 생각도 없었지만, 마치 차기 황제가 경식으로 정해지는 듯했다. 물론 그것이 이상하다고 생각되지는 않지만, 그래도 아직 주지도 않은 군권이 넘어가는 느낌이니 기분이 이상해진 것이다.

하지만 경식은 그런 황제의 마음을 마치 알기라도 하는 듯, 손에 들고 있던 혼정석을 황제에게 내밀었다.

"한 번 움직여 보시겠습니까?"

"……그게 가능한가?"

황제가 당황스러워하자, 경식이 싱긋 웃으며 고개를 끄덕였다.

"이들의 진짜 주군은 바로 황제 폐하이십니다. 그렇기 때문에 저처럼 굳이 링크를 할 필요가 없습니다. 이미 저들 마음의 근본에는 당신에게 충성서약을 맹세한 기억이 있으니까요. 다른 사람은 몰라도 폐하의 말이라면 굳이 관계계승 없이도 들을 겁니다."

"그리고 애초에 폐하께서 수성을 하실 때 편하시라고 만든 철의군대입니다. 저는 드래곤 로드가 이곳으로 올 때, 수도에 있을 수 없으니까요."

드래곤 로드의 레어.

경식은 그곳으로 가야 했으니까 말이다.

"제가 그곳으로 가서 모든 것을 끝낼 동안, 잘 버텨 주셔야 합니다."

"여부가 있겠는가."

황제가 경식에게서 황금빛 혼정석을 받아 들었다.

그리고 조심스럽게 자신의 의념을 5만 명의 철의 군대에게
전달했다.

철의 군대들은 다른 명령자의 의념에 고개를 갸웃했지만,
이내 그것이 황제임을 알아차리고 곧 잡음이 없어졌다.

오히려 경식이 한 것보다 더욱 원활하고 빠른 움직임을 보
여 주고 있었다.

"역시 본래 주인이라는 건가."

경식이 약간은 서운한 투로 그리 말하곤 피식 웃었다.

황제는 그런 경식의 말을 듣지 못했는지 병사들을 움직이
는 것에 여전히 열중하고 있었다.

5만 명의 기사들의 대열이 별이 되었다가 달이 되었다가
아주 난리도 그런 난리가 없었다.

경식은 장난감을 가지고 노는 듯한 황제를 바라보며 미소
를 지었다.

안심이 되었다.

'아무리 생각해 봐도 사기네.'

한 몸처럼 움직이는 군대.

그것도 모두 다 마나를 다룰 줄 아는 기사이다.

그것을 넘어서, 그 수가 무려 5만이었다.

이건 말 그대로 사기였다.

'그런데, 적은 드래곤 로드란 말이지.'

그렇다. 적은 존재 자체가 사기 같은 느낌이 드는 드래곤. 그것도 드래곤 로드였다.

'적어도 잘 버텨 주시겠지.'

오래 버티면 버틸수록 좋았다.

경식이 드래곤 로드의 레어로 침입하여 모든 걸 끝내면 되는 거니까.

게다가 이것은 수성전이다. 굳이 바깥으로 나와서 싸울 필요도 없었다.

1차로, 성벽을 끼고 수성.

그리고 2차가 되어야 평야 전투 같은 것을 할 것이다.

평야 전투야 진형을 앞세워 공격하면 되는 부분이었다. 보는 바와 같이, 강했다.

'그리고 성곽을 끼고 싸운다면……'

더더욱 강할 것이다.

강한 것을 넘어서, 사기 오브 사기였다.

'아무튼 잘 버텨주세요.'

경식은 그리 말하며 자신의 심장 부분에 손을 가져다 대었다.

느껴진다.

지금 막 끝이 났다. 드래곤 하트의 방대한 마나를 모두 소울 에너지로 치환한 것이다.

'이제 드래곤 레어로 들어갈 수 있겠군!'

상황이 묘하게 돌아갔다.

원래 이 즈음이면 드래곤 로드가 벌써 쳐들어오고도 남을 거라고 생각했는데, 생각보다 조용했다.

경식이 먼저 드래곤 하트를 흡수해 버렸다.

이렇게 되면 경식이 바로 드래곤 로드의 레어로 가서 모든 것을 끝내버릴 수도 있다.

그렇게 되면 굳이 전쟁을 할 필요도 없는 것이다.

"서둘러야겠네."

경식은 기분이 좋아졌다.

모든 게 잘 풀리는 듯했다.

*　　　*　　　*

그리고 그런 그의 기분은 1시간도 채 되지 않아서 급변해야 했다.

제르커스가 멍청한 놈 보듯 경식을 힐난했기 때문이다.

[준비도 없이 드래곤 로드의 레어로 바로 들어가겠다고?

그곳이 어디인 줄 몰라서 하는 말인 것이냐?]

영혼을 담고 있는 푸른 드래곤 하트.

그리고 그 속에 들어 있는 제르커스의 영혼이 그리 말했다.

경식은 오히려 어이가 없었다.

드래곤 로드의 레어가 위치한 곳은 유르제 호수의 가장 밑
바닥. 약 2천 미터의 물을 내려갈 수 있어야 하고, 그곳에서
엄청난 수압을 견디며 거대한 문을 열 수 있어야 한다.

그러려면 소울베슬 3단계에 준하는 무력이 필요하다.

경식은 그 말을 듣고, 제르커스의 모든 마나가 담긴 드래
곤 하트를 흡수했다. 그리고 소울 에너지로 승화시켰다. 그
러는 데만도 일주일이 넘는 시간이 걸렸다.

그 때문에 경식은 지금 그 누구라도 상대할 수 있게 되었
다. 적어도 본인은 그렇게 생각했다.

자신감이 넘쳐흐른다.

이때 가지 않으면 또 언제 가란 말인가?

하지만 제르커스의 의견은 달랐다.

[잘하면 일주일. 못해도 이주일은 더 필요하다. 너는 그곳
에 들어갈 수 없다.]

그 말에, 경식은 어이가 없었다.

"시간이 없다면서요?"

[그랬지.]

"이주일 후면 이 세상에 인간이라는 종족이 없을지도 모른다고요?"

[그러니까 너희들이 그를 잘 막아야겠지.]

"제가 나서란 말입니까?"

[너는 따로 할 일이 있지.]

"아니, 어쩌라는 겁니까?"

그 말에, 제르커스가 장난스럽게 웃었다.

[넌 드래곤 로드를 죽여야 한다. 무력으로 죽일 수는 없겠지만, 결국 네가 디코드를 끄면 드래곤 로드는 죽음에 이르니, 너는 그를 죽이는 거겠지.]

"그래서요?"

[그 전에, 예행연습 한 번 하라는 말이다.]

"……?"

경식은 제르커스의 말이 좀처럼 이해가 가지 않았다. 제르커스는 그런 경식에게 이해의 설명 대신 결론만을 내놓았다.

[내 드래곤 하트를 먹어라.]

"아니 그거야 이미 먹었잖습……예?"

드래곤 하트를 먹는다.

그것은, 경식에게 흡수가 되겠다고 하는 말이었다.

"그 말이 어떤 뜻인지 잘 아시잖아요?"

드래곤의 영혼은 거대하다. 때문에 담은 그릇이 따로 있다. 드래곤 하트. 그 근원이 있어야만 다른 곳으로도 이동할 수 있다.

일전, 에리오르슈 가문의 사령의 보옥에 속해 있던 제르커스였다.

그것은 흡수가 아니라, 잠시 집을 옮긴 것에 불과했다.

집을 옮긴 것뿐이지, 진짜 집이 아니었다.

진짜 집. 즉, 드래곤 하트가 소멸되지 않았기 때문에 그런 것이 가능했다.

또한 드래곤 로드 역시 비록 마계에 집이 옮겨져서 갈 수는 없다지만 존재할 수는 있었다.

하지만 드래곤 하트가 부서지면 이야기가 달라진다.

근본을 잃으면, 아무리 드래곤이라 할지라도 죽어버리는 것이다.

[저급한 리치의 것에 비유하긴 뭣하지만, 너의 이해를 돕자면 그들의 라이프 포스 베슬과도 같은 것이지.]

그리고 그는 자신의 라이프 포스 베슬을 먹으라고 말하고 있었다.

[너는 아직 3단계가 아니다. 3단계를 마스터하고, 그에 준하는 힘을 갖췄다면 좋겠지만, 지금은 그릇의 크기가 3단계일 뿐 반도 채 채워지지 않았지. 시간이 있으면 좋겠지만 시간도 없다. 그러니, 나의 영혼마저 모두 흡수하고 자격을 갖

쳐라.]

　지금 경식은 제르커스를 여우구슬에 흡수할 수 없다. 왜냐면 구미호가 아무리 영물이라 할지라도 드래곤에 비할 바가 아니기 때문이다.

　정말 잘 쳐줘봐야 동급.

　그런데 지금의 구미호는 꼬리가 4개에 불과했다.

　반푼이 구미호가 온전한 드래곤의 영혼을 흡수할 수 있을 리가 없는 것이다.

　그러니, 경식이 직접 흡수해야 했다.

　드래곤의 영혼 자체를 에너지삼아, 몸으로 흡수해야 했다.

　몸이 터질지도 몰랐다. 온몸에 피를 쏟으며 죽을지도 몰랐다.

　하지만 이것만이 방법이었다.

　시간도 없었고, 지금도 1분 1초가 중요했다.

　"……알겠습니다."

　경식도 판단이 섰다. 그리고 제르커스의 고귀한 결정에 경의를 표했다.

　[어차피 디코드가 꺼지면 모두가 사라질 드래곤이다. 나 역시 드래곤. 사라질 것이 분명하다. 내가 지금 너에게 흡수당하여 소멸하는 것과, 디코드가 붕괴되어 자동으로 소멸하는 것. 어차피 소멸하는 건 똑같다. 조금 더 일찍 소멸하느냐, 아

니냐의 차이일 뿐. 물론 결말을 보지 못하는 게 아쉽긴 하지만, 너의 피와 살, 몸이 되어 볼 것이다. 그러니 나를 흡수하고……]

실패해서 죽지 마라.

"……."

경식은 뭔가 경건해지는 것을 느꼈다. 그리고 그 마음가짐은 영혼을 담은 드래곤 하트를 흡수함에 있어서 더할 나위 없이 훌륭했다.

경식은 자신의 방으로 갔다. 그리고 모두를 그 장소에 불렀다. 황제를 포함한 경식과 같이 온 중요 인물들이 모두 경식을 보러 찾아왔다.

"저는 이것을 흡수할 것입니다."

경식이 들어 올린 건 제르커스의 영혼이 담겨 이는 심장이었다. 그것을 모르는 이는 아무도 없었다.

"이것을 흡수해야만 안으로 들어갈 수 있습니다. 드래곤 로드의 레어는 드래곤이 아니면 문을 여는 것 자체가 불가능하기 때문입니다."

게다가 레어를 지키기 위한 수많은 함정과 가디언들은 가히 드래곤과도 견줄 수 있을 정도로 강력한 무력을 갖추고 있었다.

문도 안 열릴뿐더러, 부수고 들어간다 하더라도 그들을 상대해 가며 이동을 할 수가 없는 것이다.

결국 드래곤이 들어가야 한다.

그리고 그것을 경식이 제르커스를 흡수함으로써, 레어가 경식을 한 마리의 드래곤으로 인식하게끔 만든다.

"그리고 제가 흡수하려면 꽤 오랜 시간이 걸릴 겁니다."

황제가 말했다.

"왜 지금껏 흡수를 하지 않았던 것인가? 우리에겐 시간이 없는데 말일세."

"제가 또 다른 심장을 흡수했기 때문에 주어진 자격입니다. 이걸 흡수해야만 들어갈 수 있습니다."

"얼마나 걸리는 것인가?"

고른 백작의 말에, 경식은 말하기 미안하다는 표정을 지었다.

"잘 모르겠습니다. 짧으면 일주일. 길면…… 한 달이 될지도."

"흐음."

한숨이 적막에 덧씌워졌다.

"그 시간 동안, 드래곤 로드가 움직이지 않으리란 보장이 없습니다."

아니, 아마 백이면 백 움직일 것이다. 이미 그 임계점을 넘었다는 것이 느껴진다.

"잘 막아 주십시오."

"맡겨 주게."

황제는 자신 있게 말했다. 5만의 철의 군대. 그들을 자유 자재로 움직이는 것에 황제는 이미 도가 텄다.

게다가 수성 전까지 이어진다면, 자신 있었다.

"저 역시 황제를 도울 것입니다."

제이크가 씩 이를 드러내며 말했다. 황제마저 동등한 사람으로 보는 그의 태도에, 황제는 화를 내기는커녕 오히려 믿음직스러웠다.

"이럴 때에 검성이 있었더라면……."

검성 르아르거.

황제가 제정신으로 돌아오고, 수도를 정비하기 시작한 이전부터 검성을 찾기 위해 황제는 백방으로 알아보았다.

그는 정말 흔적조차 없이 사라졌다.

끝끝내 검성을 찾을 수 없자, 황제는 최후의 수단을 사용했다.

황제의 팔뚝에 새겨진 성흔.

검성을 강제로 움직일 수 있는 유일한 권한.

단 한 번 남은 그 권한을 사용하여, 이곳으로 부르려고 한 것이다.

하지만 하나가 남아 있어야 할 황제의 팔에는, 주문을 외웠음에도 불구하고 성흔이 뿜어져 올라오지 않았다.

결론은 하나.

검성이 죽었다는 것이다.

"어디에서 그리 쓸쓸히 가셨는가."

드래곤 로드에게 지배당하여, 검성을 조종할 수 있는 권한을 남용했었다뿐, 황제는 검성을 자신의 친 형처럼 여기며 살아왔었다.

그런데, 아무리 드래곤 로드에게 조종당했다곤 해도, 자신의 명령을 듣고 도망치듯 자리에서 떠난 검성이 의문의 죽음을 맞이했다 생각한다.

"통탄하기 그지없군. 인류의 중대사를, 가장 강한 인간이 함께하지 못하게 되다니 말이야."

어찌 되었건, 시간이 없었다.

경식은 이미 모두에게 말을 끝낸 상태였고, 자신이 모두 흡수하고 깨어날 때까지 모두를 믿는 수밖에 없었다.

'준비 됐지?'

옆에 있던 구미호가 고개를 끄덕였다.

[응. 네가 준비가 끝나면 되지.]

우리 모두 준비가 끝났다.

여우구슬에 있는 모든 영혼들 역시 드래곤 하트를 흡수할 준비가 끝났다.

"마지막 할 말 있으십니까?"

경식은 양손에 꼭 쥔 드래곤 하트를 바라보며 그리 말했다.

드래곤 하트가 푸르게 떨렸다.

[죽음 직전엔 아무 생각도 나지 않는군. 부디, 내가 유일하게 사랑했던 이가 속한 종족을 지켜다오.]

"……."

경식은 대답 대신 입을 벌렸다.

그리고 주먹 만 한 드래곤 하트에 입을 대었다.

흐물흐물해진 드래곤 하트가 입 안으로 모두 녹아 들어갔다.

"……!"

경식의 몸속에 불길이 치솟았다.

Chapter 4
흡수

드래곤 하트를 흡수한 경식은 평온한 미소를 짓고 있었다. 온화한 미소. 그 미소를 뒤로하고 황제는 전열을 가다듬었다.

경식이 드래곤 하트를 흡수하고 있음과 동시에 마도국의 군대가 제국의 국경선을 밟고 무지막지한 속도로 진군해 들어오고 있다는 보고를 받았다.

당연한 결과였다.

영지를 지켜야 할 병력마저도 모두 수도로 끌어모은 상태였으니까. 심지어 모든 사정을 아는 영주들은 영지민들과 함께 거의 모두 제국의 수도로 향한 상태였다.

제국의 수도는 애초에 드래곤 로드의 레어가 있는 곳을 기점으로 지어졌다.

그러니, 우거진 아름다운 숲이 끝없이 펼쳐진 산맥을 끼고 있었다.

그 산맥 너머에는 바다가 있다. 세상의 끝이라고도 불린다.

등 뒤에 바다가 있으니 도망치지도 못하는 배수의 진이라 말할 수 있겠다. 하지만 수도와 바다 사이에 있는 산맥의 크기가 작은 약소국 크기라면, 마도국의 국경에서부터 수도까지의 경로에 위치한 네 개의 영지에 있는 모든 영지민들을 포용하기에 충분하고도 남음이 있다.

1차 방어선이 뚫리고, 2차 방어선이 뚫리고.

그리고 3차 방어선이 뚫릴 때까지 거린 시간은 불과 3일에 지나지 않았다.

항전 따위는 없었다. 항전을 해 봤자 드래곤 로드가 이끄는 마도국의 총 전력이라면, 그것은 전력낭비일 뿐 시간벌기조차 되지 않는다.

3차 방어선이 뚫리면, 바로 수도의 성문으로 가는 길목이 열린 것과 다름없었다.

하지만 3차 방어선과 수도의 성벽 사이에는 60km라는 거리가 존재했고, 그곳은 모두가 평야나 다름없었다.

60km에 걸친 긴 평야.

승부를 보려는 건 아니다.

하지만,

"이곳에서는 충분히 시간을 끌 수가 있지!"

제이크가 이를 드러내며 씩 웃었다.

그리고 그의 뒤에는 오르거와 아란츠. 그리고 100여 명의 최정예 철의 군대와, 1만의 하위 철의군대가 버티고 있었다.

약 1만여 명의 군대.

많다면 많고, 적다면 적은 이 군대가,

밀물처럼 밀려오는 마도국의 군대에 맞서 치열한 항쟁을 벌이려 하고 있었다.

$$* \qquad * \qquad *$$

마도국의 총병력.

무려 150만이었다.

그 150만 중 병사들은 120만이다.

하지만, 이 병사들은 훈련이 되지 않은 병사들이었다.

훈련이 필요치 않았다.

의사도, 의식도 없다.

그저 식량이라는 연료로 움직이는 고기방패. 그리고 제물에 불과한 이들이니 말이다.

저벅. 저벅. 저버억.

발소리와는 다르게, 그들의 걸음은 빨랐다. 웬만한 군대가 구보를 하는 것보다 아주 조금 느린 수준이었다.

원래대로라면 이들은 좀비처럼 어기적어기적 걸어야 맞았다. 이들은 의식도, 때문에 두려움도 없지만 대신에 좀비처럼 느렸으니까.

하지만 드래곤 로드의 권능은 그런 제물병사들의 움직임도 빠르게 만들었다.

60km의 거리.

이들을 데리고 꼬박 이동한다면, 이틀 만에 도달할 수 있는 거리였다.

"흐음."

소녀. 에리카의 몸을 지배하에 둔 갈라르바브는, 모두가 굽어보이는 거대한 가마에 앉은 채 멍한 표정을 하고 있었다.

그는 지금 심기가 상당히 불편한 상태였다.

그에게도 역시 시간이 없었으니까 말이다.

'부족하다. 시간이. 그리고 힘이.'

에리카의 몸에 빙의한 후 흡수한 뿔의 개수는 무려 다섯 개.

그는 이미 구각랑의 뿔 다섯 개를 구현해 내었다.

당장에라도 달려가고 싶었다. 굳이 군대를 이끌고 나아갈 필요도 없이, 그의 몸만 자신이 원래 있어야 할 장소로 가면 되었다.

하지만, 암흑투기가 문제였다.

그의 드래곤 하트의 대부분을 차지하고 있는 이 마족의 기운이, 그로 하여금 인간에 대한 증오심을 걷잡을 수 없을 정도로 키워버렸다.

전부 쓸어 없애며 앞으로 나아가야 한다! 효율? 고작 인간 따위에게 효율을 부리며, 숨어서 재빠르게 돌아가자고? 그것도 나의 집에?

"나의 레어엔, 정문으로, 모든 인간들을 쓸어 없애며 나아간다."

갈라르바브는 이미 옛날 드래곤들을 총괄하던 드래곤 로드의 면모를 많이 잃어버렸다.

자신도 모르는 사이에 암흑투기에 노출되어 성정이 바뀐 것이다.

편하고 효율적인 길을 버리고 성가시고, 모든 것을 주여 없애며 걸어가는 피의 길을 택했다.

물론 본인은 모른다.

그저 인간들을 피해서, 숨어서 가기 싫다는 드래곤의 자존심과 고집이라고만 생각한다.

뭐, 제국군에게는 고마운 일이 아닐 수 없다.

덕분에 이렇게 방해 공작을 부릴 수도 있는 것이고 말이다.

번쩍!

제물군대의 진형 바로 앞쪽에서 불빛이 번쩍였다.

마른하늘에 날벼락이 쏟아져 내렸다.

그날벼락은 한 명에게 떨어졌지만, 사슬고리처럼 주변에 전파되어 무려 2000명이라는 제물군대의 생체활동을 정지시켰다.

자연재해로 인해 2천의 제물군대가 소멸되었다.

눈썹을 꿈틀거리며 기분 나빠할 일이다. 운이 없다고 생각할 수 도 있었다.

하지만 그 자연재해가 연거푸 벌어진다면?

콰쾅!

쾅!

쫘앙!

정확히 5분 주기로 벼락이 떨어졌다.

"전군. 정지한다."

쿵쿵쿵쿵!

북소리가 바뀌고, 군대가 정지했다.

150만을 이끄는 총사령관. 갈라르바브는 군대가 모두 멈추자 정신을 집중하고 기운을 곤두세웠다.

'새삼 본신의 능력이 그리워지는군.'

본래의 육체이던 시절이라면 상상도 하지 못할 일이었다.

그때의 그였다면, 낙뢰가 떨어지기 전에 미리 그것을 간파하고 쉴드 마법을 시전했을 것이다. 0.1초보다 더 간발의 차이 겠지만, 그 짧은 사이에 마법을 성공시켜 세력을 온존시킬 수 있었다.

그런데 지금은 그게 되지 않는다.

그러니, 이렇게 기다려 보는 것이다.

곤두세운 갈리르바브의 기감엔 아무것도 잡히지 않았다.

5분 후. 다시 진군 명령을 내렸다.

진군이 이어졌다.

그리고 모든 행렬이 진군했다고 싶은 순간, 다시금 벼락이 떨어졌다.

콰쾅!

"······!"

이번엔 갈라르바브도 가만히 있지 않았다. 다섯 뿔 중, 하나의 뿔에 비친 권능을 사용하였다.

그의 눈이 회색으로 빛나며 석화광선이 아무것도 없는 너른 평야를 쭈욱 훑고 지나갔다.

그러자 아무것도 없는 것 같던 곳에서 실루엣이 튀어나오더니 거대한 검으로 그것을 받아쳤다.

받아칠 수 있을 리 없는 석화광선이 튕겨 나갔다. 얼마나 각도가 예리한지, 튀어나간 광선 끝에는 제물군대의 선봉이 걸려 있었다.

제물군대 수백이 그 광선에 맞고 석화에 걸렸다.

석화에 걸리면 풀어 주면 끝인데, 지능이 없는 제물군대의 후미가 선봉을 그냥 지나치며 밟고 나아가 모두 부서졌다.

이렇게 되면 되돌린다 해도 조각난 시체일 뿐이다.

"흐음!"

갈라르바브는 거대한 검을 들고 있는 이를 보았다.

누구인지 알 리 없었다.

하지만 그는, 갈라르바브를 아는 듯했다. 아니, 갈라르바브가 지배한 몸의 주인을 아는 듯했다.

"조금만 참으십시오! 저 간악한 녀석을 처치하고, 주인님을 풀어드리겠습니다!"

알아들을 수도, 그럴 필요도 없었다. 우선 표적이 확인된 이상 그 이후는 쉬웠다. 갈라르바브는 자신의 권능을 사용하여 마법을 시전. 눈앞의 덩치 큰 전사에게 흩뿌렸다.

8서클 마법인 아르네게스의 창.

그 빛의 창이 빛만큼 빠른 속도로 전사. 제이크에게로 쏘아졌다. 그리고 그 반동으로 천여 명의 제물병사가 가루가 되어 소멸되었다.

고위급 마법이 사용될 때마다 마나 대신 제물병사가 소멸되는 식이었다.

"흐음!"

그 광경을 바라보며 제이크는 눈살을 한껏 찌푸렸다. 그리고 마법이 그에게 직격했다.

콰앙!

흙먼지가 가라앉자 멀쩡한 제이크가 보였다.

제이크의 몸은 조금 전보다 작아져 있었고, 갈색의 소울웨폰이 그의 온몸을 두르고 있었다.

"흐아아아!"

그가 검을 횡으로 그었다. 그러자 미증유의 힘이 뿜어져 나와 갈라르바브의 목을 노렸다.

갈라르바브는 그저 가소롭다는 표정을 지을 뿐이었다.

그가 손을 들자, 병사 100명이 소멸되며 퍼펙트 쉴드가 그의 앞을 가로막았다.

쾅!

꽈지지짓!

퍼펙트 쉴드가 찢어져나가며 미증유의 괴력이 갈라르바브에게로 계속해서 날아왔다.

"호오."

갈라르바브의 뿔이 3개로 늘어났다.

곧이어 그의 등 뒤에서 소울 에너지로 이루어진 구렁이 수백 마리가 나타나더니 그의 몸을 감쌌다.

파삭삭삭삭!

구렁이가 찢어발겨짐과 동시에 제이크의 검격도 소멸되어 갔다.

"강한 인간이로군."

그는 입꼬리를 씰룩였다. 저자를 흡수하면 뿔이 3개는 더 돋아날 것 같았기 때문이다.

헌데 어느 순간 제이크는 보이지 않았다.

그리고.

콰쾅!

또다시 벼락이 떨어지며 천여 기의 제물병사의 기능이 정지되었다.

그리고 순간, 그는 보았다.

벼락은 벼락이 아니었음을.

그것은 하늘을 날아다니는 구렁이었음을 인지했다.

100여 기의 철의군대.

그들이 만들어 낸 심상의 괴물이 여력이 될 때마다 제물군대를 습격한 결과였다.

"……."

대충 상황을 알아차린 갈라르바브의 눈동자에 살광이 어렸다.

동시에 암흑투기가 그의 등 뒤로 섬뜩하게 올라왔다.

"······흐음!"

갈라르바브는 끓어오르는 살심과 함께 암흑투기를 억눌렀다. 다시금 호수와도 같은 눈이 되어 주변을 살필 수 있었다.

"복병이로군."

3차 방어선까지 그냥 내준 이유가 있었군.

"그렇게 나온다면, 그에 상응하는 것을 해 줘야겠지."

어찌 되었건 그는 드래곤이다.

마법의 종주.

그리고 주변엔 사용 가능한 제물들이 충분했다.

충분히 헤치고 나갈 수 있는 난관이라는 것이다.

"진군."

다시금 진군 명령이 떨어졌다.

앞으로 나아가는 군대를 느끼며,

갈라르바브는 눈을 감고 스펠을 외웠다.

＊　　　＊　　　＊

갈라르바브는 8서클의 대마법을 한꺼번에 3개나 사용했다.

하나는 거대한 돔 모양의 옵티머스 쉴드. 그 쉴드는 딱딱한 대신 반투명한 젤리처럼 생겼다.

그리고 그 젤리가 마도군 전체를 둘러쌌다.

실로 대단한 규모의 방어막이다.

방어력 역시 뛰어나다. 단단하다기보다는 질기다. 때문에 강력한 공격도 완충해서 튕겨 내는 성질이 있다.

하지만 마법의 발동 범위가 시전자 주변이 아니라, 특정 좌표 주변이다.

그러니 발동된 후에는 그것을 움직일 수가 없고, 마도군은 현재 진군을 해야 하는 상황이다.

그때 사용한 마법이 8서클 좌표 고정 마법이다.

좌표 고정 마법은 간단한 마법이지만, 8서클 마법의 좌표를 고정하려면 그 간단한 마법 역시 8서클 이상의 출력과 복잡한 계산술식이 필요했다.

이로써 옵티머스 쉴드는 갈라르바브가 지정한 좌표에 고정되어, 그를 중심으로 하여 움직이게 되었다.

또한 그의 손에는 8서클의 공격마법. 아르게네스의 창이 쥐어져 있었다.

군대 전체를 막으면서, 또다시 공격이 들어오면 격추시키겠다는 굳은 의지였다.

'나오기만 해라.'

이렇게 된 이상 아무리 드래곤 로드. 그에 걸맞은 지성을 갖춘 갈라르바브라도 화가 나지 않을 수가 없다. 손에 구현

된 아르게네스의 창을 꽉 쥔 채, 그렇게 제이크와 철의 군대가 공격해 오기만을 기다렸다.

하지만 그들은 30분이 넘는 시간 동안 코빼기도 보이지 않았다.

그의 표정이 살짝 풀렸다.

보복을 하지 못하는 것이 아쉽기는 하지만, 이대로 방해 없이 진군할 수 있다는 건 좋은 징조였다.

'싱겁군.'

헌데 그렇게 생각하기가 무섭게, 최선두에서 나아가고 있던 제물군대에게 이상이 생겼다.

땅을 밟자 갑자기 푹 꺼지며 그 안으로 빨려 들어가 버린 것이다.

깊이 2미터. 폭 1미터 남짓의 구덩이었다. 구덩이는 거인의 검이 땅을 일직선으로 쭉 그은 것처럼 되어 있었다.

그곳에 선두가 빠진 것이다. 그리고 그 피해는 대충 3천 기 정도.

죽은 건 아니다. 그 정도로 약하지 않다.

하지만 살아 있기 때문에, 다시 끄집어내야 하고 그러려면 진군을 멈춰야 한다.

'마법인가?'

갈라르바브의 생각이었다. 이렇게 길고 깊은 고랑을 단숨에 만들 수는 없다. 게다가 위장까지 해 놓았다. 그것도 마치 한 사람이 한 것처럼 깔끔했다.

"……."

우연이 아닐 것이 뻔했지만, 달리 반응할 거리가 떠오르지도 않았다.

갈라르바브는 손을 들어 마법을 사용했다. 푹 꺼진 땅을 메우는 마법은 그리 대단하지 않지만, 그 면적이 거대한 만큼 6서클의 힘은 사용해야 했다.

다시금 행군이 이어졌다.

그리고 조금 긴장이 풀어질 즈음.

푸쿠쿠쿡!

다시금 땅이 꺼지며 전열이 무너졌다.

"……."

갈라르바브의 눈썹이 크게 꿈틀거렸고, 다시금 마법이 펼쳐지며 땅을 메우는 다리가 형성되었다.

하지만 그렇게 했다고 해서 앞으로 더 나아갈 수 있는 것은 아니었다.

쿠쿠쿠쿵!

100미터도 가지 않아서 생긴 또 하나의 도랑.

다시금 전열을 가다듬고, 앞으로 나아가자 200미터도 되지 않아 또다시 땅이 꺼지며 전열을 가다듬어야 했다.

갈라르바브가 손을 들어 허공에 흩뿌렸다.

그러자 1서클로 이루어진 파이어 에로우 1000여 개가 주변을 두드렸다. 불화살 1천여 개가 주변에 박히자, 순차적으로 땅이 꺼지며 함정으로 만들어 놓은 도랑이 모습을 드러냈다.

무려 22개였다.

모르고 나아갔으면, 지체가 상당했을 것이다.

"나를 우롱하는 것인가."

빠드득!

그의. 아니, 그가 입고 있는 에리카의 고운 아미에 심줄이 툭 붉어졌다.

팟!

그가 가마를 박차고 앞으로 나아갔다. 플라잉 마법을 이용하여 허공을 가르는 그의 모습이 한 마리의 제비와도 같았다.

빠르게 앞으로 쭉 치고 나아가는 그의 시야에는 한동안 평야밖에 보이지 않았다.

하지만 이윽고 보인 광경은 아무리 드래곤 로드인 그라도 입을 쩍 벌리게 만들만큼 아이러니한 광경이었다.

삽을 든 기사.

그리고 그 삽에는 마나가 잔뜩 담겨져 있다.

삽을 든 기사들이 무려 1만여 명에 달했다.

그들의 몸짓은 한 명의 몸짓처럼 똑같았고 같은 양의 흙들이 뒤로 넘어가며 1만 명이 줄지어 서도 될 만큼의 긴 고랑을 만들어 가는 중이었다.

어이가 없어 말이 나오지 않는다.

저들을 처리하지 않으면, 3일 걸릴 진군이 일주일은 걸릴 것 같은 안 좋은 예감이 들었다.

"처리한다."

빠득. 빠드드득.

갈라르바브의 이마에 고드름 같은 다섯 개의 뿔이 순차적으로 일어났다.

그리고 땅에 착지한 순간, 맹렬한 기세를 뿜으며 1만 명의 기사들에게로 쏘아졌다.

1만 명의 기사들 역시 그를 확인했다.

하지만 그들의 눈빛엔 동요하는 기색이 전혀 없었다. 미동조차 하지 않은 채, 등 뒤에 메어져 있는 무언가를 꺼내 들었다.

'그 전에 친다.'

그가 더욱 속도에 박차를 가하려 할 때,

그의 앞을 가로막는 거대한 검 한 자루가 벼락처럼 뚝 떨어졌다.

푸욱!

그의 발이 땅에 박히며 못처럼 그의 몸 자체가 푹 들어가려 하였다.

검을 내려친 이와 눈이 마주쳤다.

제이크.

"……!"

갈라르바브가 입을 쩍 벌렸다.

그 입에서는 말로는 형언할 수 없는 한기가 서려 있었다. 말 그대로 드래곤의 브레스를 보는 것 같았다.

그것이 광선처럼 쏘아졌다.

"흐음!"

콰아아아!

한기가 소울이터를 덮쳤고 소울이터는 생물이라도 되는 듯 몸서리쳤다.

제이크가 뒤로 물러남과 동시에 튕겨 나듯 앞으로 달려들며, 양손 가득 소울이터를 쥐고 있는 힘껏 휘둘렀다.

빈틈 많은 공격.

힘만 세었지, 너무 어설픈 공격이었다. 그것은 허공에 흩뿌려져 없어질 공격이다. 그럴 터였다.

하지만.

쑤우욱!

갈라르바브의 몸이 허공 쪽으로 빨려 들 듯 이끌리며 스스로 소울이터의 검로로 향했다.

마치 자석처럼.

엄청난 인력을 가진 무언가가 그를 끌어당기는 것 같았다. 예상을 했다면 충분히 방비하겠지만 그것은 다음 일. 지금은 방비가 어려웠고 피할 수 없었다.

그는 뿔의 능력을 사용했다.

흡수한 여덟 권속들을 풀어놓았다.

키아아악!

여덟 개의 망령들이 뿜어져 나와 제이크를 덮쳤다. 알스가 사용하던 13망령과는 차원이 다른 마력과 오러가 소울이터를 덮쳤다.

후앙!

종이 한 장 차이로 검에서 멀어진 갈라르바브. 이번엔 그가 반격을 할 차례였다.

곧이어 소울 에너지로 만들어진 수백 마리의 구렁이가 제이크의 몸을 빠르게 감싸고돌았다.

제이크 역시 갈색 소울 아머를 끌어올려 그것을 방어하고, 뒤로 물러나며 줄다리기 하듯 힘 싸움을 벌였다.

갈라르바브가 씩 웃었다.

"강한 인간이군. 테카르탄만은 못하지만."

"……!"

"너를 시작으로, 너의 종족을 죽이겠다."

갈라르바브의 온몸에서 검은색 문신이 잉크처럼 번지기 시작했다.

흑마도사 케헤의 능력을 차용하여 마법을 사용하려는 것이었다.

8서클 마법.

다섯 빛기둥.

촤앙!

제이크의 주변으로 다섯 개의 빛의 구체가 생성되더니 막대기처럼 변하며 제이크를 찔러 왔다.

"끄으음!"

제이크는 소울 아머로 있는 힘껏 버텼고, 갈라르바브는 씩 웃었다.

시간문제일 뿐, 어차피 뚫리게 되어 있었기 때문이다.

하지만 뒤에 있던 만 명의 기사들이 그것을 가만히 보고 있지 않았다.

그들이 등 뒤로 메고 있던 것. 장궁.

마나를 담은 1만 개의 화살이 갈라르바브 한 명에게로 쏘아졌다.

물론 화살에 당할 정도로 형편없는 내구도를 가지진 않았다. 바늘에 찔린 것처럼 따끔할 뿐.

반대로 말하자면 1만 개의 바늘이 찔러오고 있었다.

뒤로 물러났다.

팍!

화살이 기적적인 타이밍으로, 동시에 날아와 땅에 박히는 소리를 냈다.

그리고 그 화살들을 부러뜨리며 제이크가 앞으로 앞으로 쇄도하며 검을 휘둘렀다.

제이크는 별다른 기술이 없다.

그저 방어하고, 검으로 휘두르고.

이것뿐인 기사다.

헌데, 그 검에 담긴 거력이 기적을 넘어서는 화력을 갖췄다.

드래곤 로드인 갈라르바브. 그가 드래곤 본신의 힘을 여과 없이 사용할 수 있었더라도 결코 무시할 수 없는 화력인 것이다.

그런 화력을 지금의 몸으로 온전히 받아내기엔 무리가 있었다.

8서클 마법.

거대한 공간왜곡

스아앙!

공간이 찢어지며 소울이터를 삼켰다. 물론 제이크는 재빠르게 뒤로 물러났고, 소울이터는 본래 길이의 5퍼센트가 짧아지는 정도로 피해를 최소화할 수 있었다.

"다음은 목을 잘릴 것이다."

그 말에 제이크는 웃었다. 특유의 호탕함이 주변을 쩌렁쩌렁하게 울렸다.

"과연 드래곤 로드! 내가 할 말을 유추하고 대신 해 주는구나!"

척!

그의 검이 다시금 들어 올려졌다.

조금 짧고 뭉뚝해졌던 소울이터가 치이익 하는 소리를 내며 금세 회복되었다. 갈라르바브의 눈썹이 꿈틀거리며 위험신호를 알렸다.

지금의 몸 상태로는 위험했다.

'더 이상 마법을 사용했다간 암흑투기가 끌어올려진다.'

지금 그는 150여 마리의 재물병사들 틈바귀에서 빠져나온 상태였다. 그러니 재물병사들을 사용하여 마법을 사용하는 대신 드래곤 하트의 마력만으로 마법을 사용해야 했다.

그리고 이미 8서클 마법을 사용했다.

두세 번이 한계.

그리고 두세 번 사용하는 동안 제이크를 제압할 수 있을 것 같지 않았다.

우선 돌아가야 했다.

그렇게 몸을 내빼려는 순간.

"어딜 가는가!"

쾅!

엄청난 가속도와 함께 쇄도해 온 거검에, 갈라르바브는 눈살을 찌푸리며 양손을 직접 들어 올렸다.

곧이어 눈에 띄게 몸이 변하며 요염한 늑대의 형상을 한 3미터의 괴물로 변하였다.

콰칵!

맨몸으로 받아내었다.

그리고 앞발로 제이크를 후려쳤다. 쾅! 소리와 함께 제이크는 쭉 밀려났고, 갈라르바브는 도망치듯 자신의 진형으로 향했다.

제이크의 입가엔 미소가 가득했다.

"가면 재밌는 일이 벌어져 있을 것이다!"

그렇게 말하면서 제이크는 갈라르바브를 쫓았다.

*　　*　　*

번쩍!

번쩍!

콰콰콰쾅!

갈라르바브는 다시금 돌아온 자신의 진형에 몰아닥친 태

풍우를 보며 눈을 부릅떴다.

하늘 위에서 푸른 뱀 한 마리가 150만의 양떼 사이를 휘젓고 있었다.

갈라르바브가 앞으로 치달려 방어막이 없어진 틈을 타 100명의 진짜 철의군대가 다가와 분탕질을 치고 있었던 것이다.

"이놈드ㅇㅇㅇ을!"

진노한 고함 소리!

그 소리를 들은 100명의 철의군대는 재빨리 뒤로 물러났다.

하지만 이미 재물군대를 사용할 수 있는 갈라르바브는 거칠 것이 없었다.

재빨리 8서클 마법을 캐스팅하여 저들을 박멸하려 하였다.

하지만 그때.

히히히힝!

거대한 말의 울음소리가 울려 퍼졌다. 뒤로 고개를 돌리자, 그곳엔 보통 말보다 20배는 거대한 갈색 말이 갈기에 제이크를 태우고서 빠르게 쇄도해 왔다.

"크아아앗!"

"……!"

갈라르바브는 일단 자신에게로 돌진해 오는 말을 향해 공격을 휘둘렀다. 하지만 거대한 말은 그런 갈라르바브를 투과

하고 지나쳤다.

그러고는 백 명의 철의 군대를 모두 태운 후 유유하게 뒤로 사라졌다. 너무 체계적으로 치고 빠지는지라. 그리고 저렇게 거대한 말을 소울 에너지로 만들 수 있다는 것을 처음 확인한 지라 갈라르바브는 도주하는 제이크와 거대 말을 바라보고 있을 수밖에 없었다.

완전 당해 버렸다.

"……."

갈라르바브는 끓어오르는 암흑투기를 가까스로 가라앉히며, 남은 제물군대의 수를 헤아려 보았다.

135만.

150만의 군대에서 순식간에 15만여 군대가 소멸되었다. 조금 전 자리를 비운 것과, 8서클 마법을 난사한 것이 크게 작용한 결과였다.

"참으로 귀찮게 구는구나."

후우.

한숨이 절로 나왔다. 지금 자신의 처지를 새삼 실감하게 된다.

모든 것을 굽어보는 지고한 존재.

그 존재가 담겨져 있는 초라한 그릇.

그리고 전부 사용하지 못할 정도로 황폐화 된 그의 마나.

"서글프도다."

한낱 인간들에게 이러한 고역을 당한다는 것이 서글프고, 화가 났다.

하지만 어쩔 수 있는 부분은 아니었다. 그저 묵묵하게 나아갈 뿐.

그는 다시금 마법을 사용하여 방어막을 전개했고, 앞으로 나아갔다.

도랑이 보이기 전에 파이어 볼로 도랑을 찾아내고, 그 도랑을 일일이 메웠다.

그럴수록 제물병사의 숫자는 눈에 띄게 줄어들고 있었다.

물론 135만이라는 엄청난 숫자가 어디 가는 것은 아니지만, 가랑비에 옷이 젖는다고, 5일이나 되는 시간 동안 벌써 100만으로 줄어 있었다.

6일.

제국의 수도 앞에 도달하기까지 걸린 시간이었다.

이제 밀어붙이는 일만 남은 상태.

하지만 그런 갈라르바브의 앞에 등장한 성벽. 그 위에 선 5만 명의 기사들은 여지없이 활을 들고 있었다.

그리고 사격!

파악!

5만 대의 화살이 동시에 시위를 떠났다. 보통 화살이라면

닿지 않는 거리. 하지만 그 화살은 정확히 제물군대의 선봉에
틀어박혔다.

5만 명이 뿜어낸 화살이 5만 명을 그대로 맞췄다.

"......!"

그는 급격하게 쉴드를 시전하고 뒤로 물러났다. 화살이 닿
지 않는 거리라 생각했는데 잘못 생각한 모양이었다.

"......."

갈라르바브의 입이 또다시 꾹 다물어졌다.

이 공성전.

쉽지 않아 보였다.

*　　　*　　　*

경식은 눈을 감고 이 세상이 아닌 곳에서 부유하고 있었다.

이 세상이 아니다.

그것은, 그가 떨어진 세상이 아니라는 뜻이었다.

다른 세상이다.

그렇다고 듣기만 했던 마계나 정령계도 아니었다.

정겨운 곳. 정겨운 공기가 맡아지는 곳.

이곳은 바로 지구였다.

경식은 지금 뱀처럼 흐르는 한강이 한눈에 보일 정도로 높

은 곳에서 바람을 맞으며 서울 시내를 관찰하고 있었다.

아름다웠다. 그리워서 눈물이 다 날 지경이었다.

'내가 돌아온 건가?'

그럴 리는 없었다. 경식 역시 이곳이 그의 꿈 속 세상임을 알고 있었다.

되짚어 보았다. 그리고 알아냈다.

그는 지금 드래곤 하트를 삼킨 후 드래곤 제르커스와 직접적으로 교감을 하고 있었다.

이것은 그 후에 일어나는 일종의 환상이었다.

[놀랍군. 이것이 네가 살던 세상인가?]

제르커스의 무덤덤해 보이는 목소리 사이로 놀라움이 묻어 나고 있었다.

"그리운 풍경이네요. 그런데 이곳으로 저를 부른 이유는 뭔가요? 돌아가라고? 그러면 좋겠는데."

[나와 너의 기억을 합칠 준비를 하고 있는 것이었다.]

기록이 아닌, 기억이었다. 실제로 6천 살을 가까이 산 제르커스와 60세가 되려면 40년도 더 남은 경식과의 정신적 갭은 상당하다. 아무리 경식이 소울 베슬 2단계이고, 자질이 높다지만 고무풍선도 자기 몸의 10배 이상 불어나지 못한다.

그런 상태에서 경식은 제르커스와 합쳐질 수 없었다.

[너를 깨우려고 이 광경을 보여 줬다. 이제 다른 이를 깨워

야 할 차례이다.]

그 말과 동시에 소용돌이치듯 주변이 일그러졌다. 촘촘한 건물이 사라지며 물은 맑아졌고 2층이 넘어가는 건물은 아예 보이지 않게 되었다.

그리고 등장한 것은 초가집. 기와집. 흡사 조선시대를 연상 케 하는 많은 것들이었다.

아니, 조선시대 이전이겠지.

그 환경이 조성되자마자 등장한 것은 바로 2천 살 묵은 구미호였으니까.

[정말 그립다아. 이 풍경.]

구미호는 아래의 풍경을 바라보며 아련한 얼굴을 했다. 그리고 미소를 지었다.

[나를 불러 줘서 고마워. 한참 찾고 있었는데.]

경식이 쓰러진 후, 구미호는 자신이 도울 것이 없나 하고 경식의 내면세계에서 그를 찾아 헤맸다. 하지만 찾을 수 없어 울적해하는 상태였는데 이렇게 불려 온 것이다.

[둘이 힘을 합쳐야 한다. 그래야 나를 흡수할 수 있게 될 것이다.]

이제, 정말 죽어야 할 때가 왔군.

"흐음."

경식은 제르커스의 마음속에서 일말의 요동을 느꼈다. 그 역시 긴장을 하고 있는 듯했다. 반대로 말하자면 자신이 죽는 마당에 이 정도의 동요밖에 하지 않는 것이 대단했다. 과연 드래곤이랄까.

"잊지 않을 겁니다."

[그래. 잊지 마라.]

경식은 말없이 둘을 바라보고 있는 구미호에게 손을 뻗었다. 구미호는 그것을 보고 인간의 형상으로 둔갑했다. 그녀의 인간 형상은 여전히 아름다웠다.

둘은 손을 잡았다. 그리고 서로의 반대쪽 손으로, 드래곤 하트 모양으로 형상화 한 제르커스를 만졌다.

화아악!

빛이 일었다. 드래곤 제르커스의 기억이 경식과 구미호를 아득하게 덮쳐 왔다.

태어남. 헤츨링. 마법의 수련. 심화. 드래곤 유희. 그곳에서 만난 인간이라는 종족. 사랑. 증오. 사랑하는 이의 죽음. 윤회. 그녀를 찾아 떠난 여행. 그리고 또다시 사랑. 그녀의 죽음. 다시금 태어나길 기다리며, 사랑. 그것의 반복인 미친 드래곤의 불쌍한 이야기.

제르커스라는 드래곤은, 분명히 미쳐 있었다.

자신의 종족보다 인간이라는 종족을 사랑하게끔 되었으니, 이것은 정신병의 중증이다.

그는 드래곤의 책무를 등한시한 채 인간 세상을 탐구하는 것에 매진했다. 다른 드래곤들은 그것을 이해하지 못했지만, 그것을 막거나 뭐라고 할 오지랖을 보유한 드래곤은 존재하지 않았다.

헌데 그것이 전화위복인지 무엇인지, 제르커스는 다른 드래곤들보다 마나의 양도, 출력도 남다르게 자라났다.

뭐, 이건 그저 그런 이야기이다.

그렇게 수천 년의 시간을 넘나드는 기억을 이어받으며, 경식은 의식 아득한 저 너머에서 무언가가 그를 끌어당기는 느낌을 받았다.

뭔가, 들어가면 편할 것 같은 느낌.

하지만 그때마다 그의 손을 잡아주는 이가 있었다.

[조심해. 까딱하면 의식에 사로잡혀서 오히려 네가 먹히는 수가 있어.]

바로 구미호였다.

'고마워.'

경식은 다시금 정신을 차리고 제르커스의 기억. 그 기억 속에서 그가 느끼던 모든 감정들을 공유, 흡수해 나갔다.

6천 년이라는 세월

그것이 빠르게 경식의 영혼 속으로 차곡차곡 쌓여 나갔다.

*　　*　　*

"흐으음."

갈라르바브는 냉정하게 주변을 바라봤다.

재물 군대는 산처럼 쌓여 있었고, 그 앞에는 인간이 만든 조악한 성벽이 위태롭게 서 있었다.

두 세력 사이에는 5킬로미터 남짓의 거리가 존재했다.

성벽이 거의 보이지 않는 정도의 거리였다.

여기까지가 화살이 닿지 않는 거리였기 때문이다. 어쩐 일에서인지 일개 화살인 주제에 쭉쭉 뻗어져 나와 갈라르바브의 진형까지 닿았기 때문이다.

이 앞으로 나아간다면, 틀림없이 화살 비가 쏟아질 것이 분명했다. 물론 앱솔루트 쉴드나 옵티머스 쉴드를 사용한 채로 거북이처럼 나아가는 방법이 있었지만, 갈라르바브는 굳이 그럴 필요성을 느끼지 못했다.

"굳이 이것들을 전투에 투입시킬 필요는 없다."

이것들을 전투에 투입시키려고 그 고생을 하며 데려온 게 아니었다.

그가 사용할 마법의 자양분으로 쓰려고 데려왔다.

척!

그의 입에서 굳이 언령이 나올 필요는 없었다. 그는 드래곤이었고, 그 최상위 종족 중에서도 그들을 총괄하는 로드였기 때문이다. 그의 생각이 곧 마법이 될지니. 그의 입에선 시동음만 나오면, 그리고 그것을 감당할 마나의 통로와 물량만 존재한다면 웬만한 8서클의 마법을 무한정으로 찍어낼 수 있었다.

하지만 이번 마법은 달랐다.

갈라르바브의 얼굴에 짙은 그림자가 드리워졌다.

스펠을 외우다가 눈에 번쩍 힘을 준 순간, 주변이 진동하더니 파르르 떨렸다.

마나를 끌어 모으는 것만으로도 이러한 현상이 벌어진다.

"……!"

곧 그의 입술에서 시동음이 흘러나왔다.

8서클 마스터 마법.

메테오 스웜!

쿠구구구궁?!

그의 입술이 닫혀짐과 동시에 하늘이 검게 물들더니 거대한 운석 하나가 모습을 드러냈다.

가히 태산을 하늘에서 떨어트리는 듯한 착각이 일어날 정도로 거대한 돌덩이가 낙하하고 있었다.

낙하의 끝에 걸려 있는 것은 다름 아닌 성벽이었다.

"방어를 준비해야겠군."

그는 8서클 마법의 옵티머스 쉴드를 펼쳐서 대군을 가렸다. 이 마법은 시전자를 제외한 주위의 모든 것을 날려 버리는 마법이기 때문에 그만 살아남을 것이 아니라면 이 정도 방비는 해 두는 것이 좋았다.

8서클 대이적 마법.

산 하나 크기의 운석을 떨어트려 주변 모든 것을 재로 만들어 버리는 무서운 마법이었다.

'이 마법 하나를 시전하려고 얼마나 귀찮은 일을 겪었는지.'

150만의 재물군대는 이곳으로 올 때까지 100만으로 줄어 있었다. 그리고 지금 막 펼친 메테오 스웜 때문에 10만에 가까운 재물병사가 한 줌 재로 화하여 사라졌다.

대개 8서클 마법 하나를 사용할 때 2만 3만 정도가 사라지는 것에 비해 10만이라는 숫자는 실로 어마어마한 숫자가 아닐 수 없었다.

남은 병사는 90만.

하지만 그 90만을 쓸 필요도 없을 것이다. 눈앞에 줄줄이 세워진 성벽은 메테오 스웜 한 번으로 모두 가루가 되어 버릴 테니 말이다.

그리 생각하며, 갈라르바브는 팔짱을 낀 채 인간의 성이 무너지는 것을 지켜봤다.

하지만 그가 원하는 그림은 그려지지 않았다.

푸샤아악!

성벽이 꺼질 듯한 진동과 함께 갈색 빛을 뿜는 무언가가 쭉 하고 날아가 거대한 운석에 박혔다.

쾅!

상공 1만 미터 위에서 떨어져 내리던 운석에 무언가가 박히는 소리가 크게 들려 왔다.

그리고.

콰앙!

더욱더 거대한 소리와 함께 운석이 수백 조각으로 분열되었다.

갈라르바브의 눈썹이 크게 꿈틀거렸다.

"어찌 된 일인가."

그 말과 동시에 5서클 오버 뷰어 마법이 발동하여 비루한 인간의 것을 빌리고 있는 그의 안력을 돋웠다.

터져 나간 운석이 상세하게 보인다.

운석을 박살 낸 무언가를 찾아 헤맸고, 쉽사리 찾을 수 있었다. 그것은 거대한 검이었다. 그리고 그 역시 익히 본 적이 있는 모양이다.

소울이터.

제이크라는 인간이 사용하던 성명병기가 난데없이 날아와

운석을 깨부순 후 궤도를 바꿔 주인에게로 돌아가고 있었다.

"……죽일 수 있을 때 죽였어야 하는 자로군."

운석은 거대하고, 즉각적으로 떨어진다. 하지만 거대한 만큼 범위가 넓고 그것을 피하는 것은 불가능에 가깝다.

헌데 그것을 깨부술 줄이야.

"하지만 발버둥일 뿐."

수백, 수천 조각으로 쪼개진 운석들이 비처럼 떨어져 내릴 것이다.

그것은 한 번에 모든 것을 파괴하지는 못하지만 우박 따위와는 비교도 할 수 없을 만큼 커다란 피해를 입힐 게 분명했다.

인간들의 병기인 대포. 그것을 10배쯤 크게 만든 것들이 비처럼 떨어질 것이다.

게다가 궤도 역시 갈라르바브의 진형을 등진 곳에서부터 성벽을 요격하는 위치였다.

4서클 마법 수천 개를 사용하는 것보다 그 효과가 더욱 좋을 것이 분명했다.

하지만.

파사사사사삿!

철로 된 화살들이 성벽에서 동시에 뿜어져 나와 파편들을 요격했다. 요격된 파편들은 더욱 잘게 부서졌고, 부서진 파편들은 갈 길을 잃고 각도를 바꿔 직각으로 떨어져 내렸다.

그리고 그 직각에는 갈라르바브가 이끄는 제물군대가 떡하니 자리 잡고 있었다.

후두두두두둑!

옵티머스 쉴드를 치지 않았더라면 수천 기에 달하는 제물군대가 타격을 입었을 것이다. 메테오 스웜이라는 거대 마법은, 그렇게 완벽하게 사라졌다.

"……"

이렇게 될 줄 상상조차 하지 못했던 갈라르바브는 눈썹을 꿈틀거리며 양손을 교차해 모았다.

그리고 스펠을 외우기 시작했다.

대인 공격마법이 아닌, 단 한 명을 위한 8서클 마스터 급의 암살마법을 사용할 생각이었다.

하지만 주문이 모두 완성되기 전, 성벽 측에서 빛이 번쩍이더니 한 줄기의 바람이 불어왔다.

그것은 소울이터!

소울이터가 젤리 같은 옵티머스 쉴드를 가볍게 뚫고 갈라르바브를 요격해 왔다.

갈라르바브의 등 뒤에서 수백 마리의 구렁이가 뿜어져 나와 그의 앞을 가로막았다. 파사삭! 소리가 나며 소울이터의 날에 거진 베었지만 갈라르바브가 몸을 피할 시간은 충분히 제공되었다.

"······."

갈라르바브는 인간 따위가 이런 힘을 내보이는 데에 적잖이 놀라고 있었다. 8서클 마스터 마법을 면전에서 파훼하고, 검을 던져 자신을 정확하게 요격한다.

심지어 소울이터는 요격에 실패하자 부메랑처럼 허공을 격하여 제이크에게로 되돌아가려 하고 있었다.

그리고 제이크는 예의 갈색 말을 타고 빠른 속도로 그에게로 가까워지고 있었고 말이다.

가히 일기당천. 한 명의 무력이 하늘에 닿았다.

그리고 비루한 몸을 뒤집어쓰고, 암흑투기에 맞서며 본신의 3할의 출력도 채 내지 못하고 있는 갈라르바브에게 제이크는 눈엣가시 같은 존재를 넘어서, 작은 재앙 수준이었다.

"그를 괜히 보낸 것인가."

갈라르바브는 테카르탄을 떠올리며 자신의 결정을 아주 잠깐 후회했지만, 곧 고개를 저었다. 자신의 결정은 옳았다. 눈앞의 인간들이 필요한 것이 시간이듯이, 그에게 필요한 것 역시 시간이었기 때문이다.

"어디 누가 이기나 해 보자."

회수되는 소울이터와, 거기로 다가오고 있는 제이크. 그리고 그 뒤에 보이는 5만여 명. 그들이 내뿜는 흙먼지를 바라보며, 갈라르바브는 생각했다.

"암흑투기……."

마계의 것과 자기 자신을 섞는다?

자존심이 허락지 않는다.

하지만 이곳에서 고전한다?

그것도 인간 따위에게?

더더욱. 자존심이 허락하지 않았다.

악수를 둬야 한다면, 최악보다는 차악이다.

츠츠츠츳.

생각을 품음과 동시에, 그의 몸에서 검은 문신이 일어나며,
등 뒤에서 진흙 같은 암흑투기가 뭉게뭉게 피어올랐다.

암흑투기와의 융합.

그리고 그것은,

흑마법을 사용할 수 있는 조건을 갖춤과 진배없었다.

씨익. 갈라르바브가 비릿하게 웃었다.

끄어어어어!

땅을 바라보며 굳어 있던 재물병사들이 광기에 찬 포효를
내지르기 시작했다.

본격적인 공성전이 시작되었다.

전면전이었다.

Chapter 5

유르제 호수로

"하!"

경식이 벌떡 일어나 주변을 둘러봤다.

방에 있어야 할 가구들이 가루가 되어 흩날리고 있었다.

창문이 있었던 면을 바라보았다. 뻥 뚫려 있었다.

보이지 않는 거대한 구체가 주변을 갉아먹은 것처럼 바닥마저 동그랗게 파여 있었다.

마치 거대한 돌개바람이 생성되었다가 흔적조차 없이 사라진 듯한 느낌이었다.

경식은 자신의 손을 바라보았다. 그리고 힘을 집중했다.

그러자 손아귀에서 돌풍이 생성되어 구슬처럼 변했다. 경식은 바람을 다루는 힘을 갖고 있지 않은데, 이런 일이 생겼다.

그런데 더욱 놀라운 것은 그것을 보는 경식의 표정이었다.

너무나도 당연한 듯, 태연자약한 표정이었다.

경식은 바람을 물린 후 자신의 가슴을 손으로 쓰다듬었다.

그리고, 자신의 성장을 위해 자아를 소멸시킨 두 마리의 영혼에게 깊은 감사를 표했다.

"제르커스. 도브로……."

제르커스와 도브로.

제르커스는 경식이 드래곤으로 인식되게끔, 그리고 3단계의 그릇을 깨부수게끔 도와주기 위해서 자신의 존재가 소멸하는 것을 마다하지 않았다.

그리고 도브로는, 제르커스를 흡수하던 경식이 풍선처럼 터지려 할 때 끼어들어 자신의 존재를 소멸하고, 자양분이 되었다.

제르커스가 바람을 다루는 블루 드래곤이고, 도브로가 그런 블루 드래곤 제르커스를 수천 년간 보필해오던 최상급 바람의 정령이었기에 가능한 일이었다.

강력한 바람의 힘.

그것은 이제 경식의 소울 에너지가 띠게 되는 하나의 속성이었다.

무속성이 풍속성으로 변한 것이다.

그리고 그 모든 것을 경식은 태어날 때부터 익혀왔던 것처럼 생각하고, 자연스럽게 사용할 수 있게 되었다.

'그럼에도……'

경식은 자신의 몸 내부를 관조했다.

몸은, 여전히 소울베슬 2단계에 머물러 있었다.

비유하자면 물이 그릇에 꽉 찬 상태였다. 헌데도 지금 경식은 각성을 하지 못했다

물이 넘쳐흐르지 않았기 때문이다.

표면장력과 맞닥뜨렸다는 게 옳은 표현이었다.

"뭔가 다른 깨달음이 필요한 건가."

하지만 드래곤 로드의 레어로 갈 수 있는 채비는 끝이 났다. 사실 그게 중요했다.

경식은 품 안에서 혼령석 하나를 꺼내어 모두에게 자신이 깨어났음을 알렸다.

다행히 지금껏 경식이 무사한 걸 보니, 경식이 누워 있던 자리까지 전쟁의 여파가 없는 것이 확실해 보였다. 모두를 불러서 상황을 듣고, 드래곤 로드의 레어로 가야 했다.

'뭐, 상황이 어떻건 간에 가야겠지만.'

아니, 그렇게 가면 늦는다.

경식은 혼령석으로 자신의 사람들에게 말을 전했다.

'유르제 호수로 바로 오세요.'

　　　　　　　*　　　　*　　　　*

　드디어 경식이 깨어났다는 소리를 듣고 정예 멤버들이 전장을 이탈해 호수로 향했다.

　경식은 머지않아 모두와 만날 수 있었다.

　모두라고 해 봤자 몇 없었다. 아란츠. 오르거. 그리고 제이크였다.

　아니, 제이크여야 했다.

　"제이크는요?"

　그 말에 아란츠가 침중한 기색으로 말했다.

　"드래곤 로드를 막고 계시는 중입니다."

　드래곤 로드가 폭주했다.

　사용하지 않던 흑마법을 사용하기 시작하면서 전황이 급격하게 기울기 시작했던 것이다.

　"머지않아 오신다고 하셨습니다. 기다리지 말고 먼저 들어가시라고……."

　"흐음."

　경식은 인상을 찌푸렸다. 하지만 어쩔 수 없다는 듯 고개를 끄덕였다. 오히려 제이크 한 명만으로 폭주한 드래곤 로드를 막는다는 것이 더욱 신기한 일이다.

"그럼 우리가 먼저 가야겠습니다."

경식은 자신의 옆을 바라보았다.

그곳엔 구미호가 아무 말 없이 경식을 바라보고 있었다.

'많은 일을 보고 느꼈지.'

[너는 괜찮아?]

'제르커스랑 도브로는 죽기까지 했는데, 괜찮지 않으면 안되지. 억지로라도 괜찮아야지.'

5천 년이 넘어가는 제르커스의 기억을 불과 십 며칠 만에 읽는 것은 그야말로 고역이었다. 그의 기운이 경식의 그릇을 강제적으로 키우고 두텁게 만드는데, 그것을 견디다가 죽고 싶다는 생각을 한 것이 족히 수천 번은 넘었다.

그럼에도 불구하고 자아를 유지할 수 있었던 건 다 구미호 덕분이다.

경식은 구미호와 눈을 마주친 후, 고개를 끄덕이며 앞으로 나아갔다.

앞에는, 거대한 호수 유르제가 있었다.

그리고 그 호수 주변엔 둥그런 판이 하나 놓여 있었다.

제국의 호수, 유르제는 대륙에서 가장 깊고 거대한 호수였다. 타국이나 주변 영지에서 수도로 오면 꼭 한 번쯤은 들르는 관광코스이기도 했다.

그 정도로 아름답고 풍요로운 호수.

그곳 밑바닥에 인류를 멸하려는 드래곤 로드의 레어가 있을 줄 누가 알았겠는가.

　위이이잉.

　경식 일행은 금속판에 몸을 의지한 채 호수의 중심부로 향했다. 마법 합판이 움직이는 속도는 걷는 속도보다 약간 빠른 정도. 넓은 호수의 중심으로 가려면 반나절은 걸릴 듯했다.

　경식은 손을 합판에 얹은 후 소울 에너지를 불어넣었다.

　그의 소울 에너지는 더 이상 짙은 보라색이 아니었다.

　보라색은 맞는데, 속이 비칠 정도로 반투명했다. 마치 맑은 보랏빛 잉크를 물에 옅게 섞어놓은 것 같았다.

　소울 에너지건 마나건 똑같다. 짙으면 짙을수록 농도가 순하다.

　하지만 바람을 다루는 제르커스와 결합한 경식의 소울 에너지는 달랐다.

　연할수록, 투명해질수록 순도가 높았다.

　합판의 속도가 비약적으로 빨라졌다.

　수면에 긴 선을 그리며, 경식 일행은 빠르게 유르제의 중심부로 나아갔다.

＊　　　＊　　　＊

"흐음!"

제이크는 심각한 눈으로 전황을 바라보고 있었다.

눈앞엔 말 그대로 지옥이 펼쳐져 있는 듯했다.

땅 아래는 진흙처럼 축축하고 기분 나쁜 연기가 뭉게뭉게 피어오르고 있었고, 그 위에선 열댓 마리의 거대한 괴수가 비명을 질러 대며 기사들을 상대하고 있었다.

5만의 철의 군대들.

그들은 강력했고, 화살로 그것들을 맞춰서 죽이고, 몰아내려 했지만 지옥의 괴수들은 만만히 볼 상대들이 아니었다.

그리고 그 뒤에 있는, 마계의 마물들을 소환한 소환사, 갈라르바브는 온몸이 검은 핏줄로 둘러싸인 채, 제이크를 뚫어져라 노려보고 있었다.

제이크는 침을 꿀꺽 삼켰다.

'점점 강해지고 있다.'

드래곤 하트. 암흑투기에 감염된 7할의 힘을 사용하기 시작하자, 걷잡을 수가 없어졌다. 조금 전까지만 해도 제이크가 그의 공격을 받아치고 반격까지 할 수 있었는데, 지금은 받아치는 것만으로도 고작이었다.

5만의 철의 군대는 지금 4만으로 줄어들어 있었다.

성벽 위에서 그들을 지휘하는 황제의 이마에도 실핏줄이

툭 붉어졌다. 심력의 소비로 인해 코에서는 피가 흐르고 있었다.

결정적으로, 제이크는 지금 빠져야 하는 상황이었다. 자신이 빠지면, 이곳의 전황은 오로지 철의군대와 황제가 도맡아야 한다.

'하지만 정해진 수순이다.'

제이크는 경식과 함께 들어가야 했다. 그 안에서 무슨 일이 벌어질지 알 수 없기 때문이다.

게다가.

'녀석이 보이지 않는다.'

불안했다. 한시라도 빨리 가 봐야 한다는 생각이 들었다. 희생이 많아지더라도 인간 자체가 사라지는 것보단 그 편이 나으리라.

'그나마 다행이로군.'

다행인 것이 몇 가지 있었다.

생각보다 황제가 철의군대를 잘 통솔하고 있었다. 지금껏 4만을 유지한 것만으로도 대단한 것이었다.

게다가 제이크가 고군분투하며, 그리고 드래곤 로드가 암흑투기로 인해서 폭주하는 바람에 쓸데없이 많은 괴수들을 풀어놓아 주기적으로 마나를 소모하고 있다는 것이었다.

분단위로 수천 기의 제물군대가 가루가 되어 스러지고 있었다. 100만쯤 되던 제물군대가, 폭주한 이후로 빠르게 줄어들어 20만기 정도밖에 남아 있지 않았다.

암흑투기가 개방되며 육체능력이 비약적으로 상승했다지만, 마법은 흑마법을 사용하는 것 이외에는 큰 변화가 없었다. 물론 덕분에 최상급 마물들이 판을 쳐서 애를 먹고 있다지만, 반대로 말하자면 마수들만 제거하면 드래곤 로드는 최고의 기사이지, 마법사가 아니게 된다.

시간당 살상력이 차이가 나는 것이다.

게다가 암흑투기에 취해서 드래곤 로드는 정상적인 사고를 하지 못하고 있었다.

이것은 분명히 호재였다.

이곳에 있는 모두의 역할은, 이곳에서 드래곤 로드가 최대한 시간을 잃게 만드는 것!

제이크는 큰 숨을 들이쉰 후 소리쳤다.

[모두들 끝까지 살아남아라아아아아!]

이것이 제이크가 할 수 있는 전부였다.

콰앙!

제이크가 발을 굴러 빠르게 성벽으로 다가갔다. 그리고 성벽을 가뿐히 넘으며 황제 앞에 섰다.

"잘 부탁합니다!"

제이크에게 듣는 존댓말에, 황제가 피식 웃으며 고개를 끄덕였다.

"흐을. 내가 죽는 한이 있더라도 저지해 보일 걸세."

"믿고 갑니다!"

제이크가 사라졌다.

"어휴⋯⋯."

황제의 얼굴엔 조금 전 지었던 자신만만한 미소는 없었다. 그저 힘겨운 노인의 얼굴이 그곳에 있었다.

"힘내야지. 힘을⋯⋯ 힘을 내야지."

그는 두려운 마음으로, 눈앞에서 미쳐 날뛰고 있는 마물들과 그 중간에서 살기를 뿜어내며 기사들을 도륙하려 달려드는 드래곤 로드를 바라봤다.

두렵다. 하지만, 그는 포기할 마음이 없었다.

그 두려움을 뛰어넘는 감정. 복수심이 그의 전신에 무장되어 있었기 때문이다.

그가 자신에게 빙의되어 행했던 모든 일들. 그는 잊지 않았다. 잊을 마음도 없다.

그의 앞엔 4만의 철의군대가. 그리고 뒤에는 130만의 병사가 있었다.

"하지만 그대는. 혼자다."

같은 종족이라곤 하나도 없는 드래곤 로드.

그리고 병사만 130만에 4만의 기사가 있는, 황제.

대표끼리의 싸움이지 않은가.

"질 수 없지."

황제의 눈이 부릅떠졌다.

기사들의 움직임이 더욱 기민해졌다.

                    *   *   *

맹렬하게 앞으로 나아가던 금속합판이 서서히 속도를 줄이
더니 이내 멈췄다.

호수의 정 중앙에 도착한 것이다.

오르거와 아란츠가 경식을 바라봤다. 이제부터 경식이 무
슨 일을 할지 궁금했다.

경식은 긴 심호흡을 내쉬었다.

"후우우우우우."

경식의 몸에서 소울 에너지가 줄기차게 뿜어져 나왔다.

보랏빛의 소울 에너지.

그리고 그 소울 에너지는 색이 옅어지더니 이내 투명하게
변했다.

그의 앞에 있는 공간이 구겨지기 시작했다. 아니, 그런 착
시가 일어날 만큼 맹렬한 바람이 꼬이고 꼬여 작은 회오리가
형성되었다.

뚝. 뚝뚝.

경식의 몸에서 땀이 비 오듯 떨어졌다. 그는 더욱 집중했고, 회오리바람의 크기가 2배, 4배로 커지더니 종국에는 작은 산 크기의 거대한 회오리바람이 되어 주변의 모든 것을 빨아들였다.

고요하던 곳에 풍랑이 일었다.

경식의 양손이 머리 위까지 들렸다. 그리고 손바닥을 아래로 한 후, 눈앞의 무언가를 지그시 누르듯 하였다.

그러자 그 움직임에 맞춰 거대한 회오리가 수면을 파고들어가기 시작했다.

곧이어 와류가 형성되더니 모든 것을 집어삼키는 소용돌이로 변하였다.

"……짐작도 할 수 없군요."

"……."

소용돌이의 한가운데는 깊게 뚫려 있었다.

"설마 저곳으로 뛰어내리는 겁니까?"

"에……비슷하죠?"

"……."

아란츠가 농담 섞어 한 말에 경식이 진지하게 대답했고, 모두의 표정이 딱딱하게 굳었다.

"이 금속판을 타고 갈 겁니다."

그들이 타고 있는 금속판이 경식의 의지에 따라 아래로 내려가기 시작했다. 아래로 내려갈수록 빛은 사라졌고, 사방이 휘돌고 있는 물의 벽이었다.

금속판은 빠르게 아래로 치달았다. 체감 상 30분 정도의 시간이 지나서야 금속판은 멈췄다.

두 소드마스터는 검에 오러를 주입했다. 무언가를 베기 위함이 아니라 주변을 밝히기 위함이었다.

그리고, 그곳엔 아래로 통하는 거대한 문이 있었다.

매끄러운 대리석으로 만들어진 문.

경식은 금속합판에서 내려, 그곳의 정 중앙으로 향했다.

그리고 소울 에너지가 아닌, 마나를 운용했다.

그가 바닥에 들어서자마자 거대한 공명음이 울렸다.

[침입자 발견. 신분을 밝히지 않을 시 사살. 5……4……3…….]

그의 손이 정 중앙에 박힌 보석을 짚는가 싶더니 투과해서 쑥 들어갔다.

[인식 완료. 인간. 폴리모프. 드래곤. 제르커스. 환영합니다. 하지만 주인님께서 자리를 비우신 상태입니다.]

그 말에 경식이 씩 웃었다.

"안에서 기다리지. 아, 손님이 3명 정도 있다. 2명은 이곳에. 그리고 한 명은 조금 후에 올 것이다."

[명령이행.]

쿠구구구구구.

열릴 것 같지 않던 문이 벌어지며 경식을 삼켰다. 아란츠와 오르거 역시 그 틈을 타 금속합판에서 뛰어내렸다.

거대한 문이 셋을 삼켰다.

그리고도 닫히지 않았다.

소용돌이 역시 사라지지 않았다. 이미 형성된 와류는 스스로 존재하며 이것이 사라지려면 꽤나 오랜 시간이 지나야 할 터였다.

"……."

그들이 사라지고 수십여 분이 지났다.

그리고, 누군가의 그림자가 뚝 떨어져 내렸다.

[인식 완료. 예견된 손님. 통과합니다.]

그 말이 끝나기가 무섭게, 검은 형체가 문을 통과해 아래로 내려갔다.

그럼에도 불구하고 문은 닫히지 않았다.

누군가를 더 기다리는 듯, 미동조차 하지 않았다.

＊　　　＊　　　＊

휘청.

발이 땅에 닿자마자 경식이 휘청거리며 무너져 내렸다.

그것을 아란츠와 오르거가 부축해 주었다.

"괜찮으십니까?"

"아뇨…… 하나도 안 괜찮네요."

드래곤 하트의 힘을 한 번에 반 이상 사용한 경식은 극도의 피로감에 절어 있었다.

그걸 보고 구미호가 걱정스러운 얼굴로 쳐다본다.

[안 괜찮은 거 알어.]

'응…… 진짜 안 괜찮다.'

거짓말 하나도 안 보태고, 걷는 힘조차 없었다.

그걸 보고, 전혀 쌩뚱 맞은 목소리가 들려 왔다.

—에잉, 쯧쯧쯧. 자네 말일세. 너무 엄살 피는 것 아닌가? 왕년에 나도 이런 적 있었네. 그때 나는 제 발로 서서 당당하게 걸었는데 말이야.

드래곤 로드의 레어에 도착한 상황. 말 그대로 호랑이 굴에 들어온 상황.

그런 상황에 난대 없이 등장한 왕년 노인이었다.

경식은 어이가 없어서 말했다.

"아니, 지금 개그캐릭터가 등장할 상황이 아닙니다. 그리고 애초에 영혼이면 이렇게 불쑥불쑥 찾아올 수 있는 겁니까? 드래곤 로드의 레어인데요?"

허공에 대고 하는 말에 둘은 당황했지만, 이내 자신들의 눈에 보이지 않는 존재가 또 등장했다는 걸 알아차리고 가만히 보고만 있었다.

―헐헐. 내가 왜 개그 캐릭터인가? 내가 얼마나 쓸모 있는데 말일세.

[아무도 그렇게 생각하지 않거든? 어서 돌아가!]

―내가 어디 돌아가란다고 돌아가는 사람인가? 드래곤 레어에 갈 수 있는 절호의 기회인데 내가 어찌 가만히 있겠는가? 어서 가세!

어찌 되었건 시간이 없었다. 경식 일행은 앞으로 걸어갔다.

석벽이 이어졌다. 아무것도 보이지 않았다. 그러다가 문이 하나 나왔는데, 그것을 시작으로 잘 깎아 만든 대리석으로 이루어진 무한한 미로가 펼쳐졌다.

그리고 그의 앞에는 고블린의 행색을 한 가디언 하나가 고개를 푹 숙이며 예를 취했다.

"제르커스 님을 뵙습니다. 아시다시피 주인님께선 계시지 않습니다. 손님 대접실로 안내를 해드리겠습니다."

그렇게 마한 가디언이 앞장서서 미로를 걸어갔다. 여러 갈래의 갈림길이 나오며, 굽이진 길을 걷는 가디언의 발걸음엔 거침이 없었다.

그리고 가는 곳곳마다 거대한 괴수들, 즉, 다른 가디언들이 눈에 불을 켜고 경식 일행을 노려보았다가 고블린을 확인한 후 다시금 잠잠해지기를 반복했다.

고블린이 없었더라면 아마 보보마다 즐비한 가디언들을 모두 처치하면서 길을 찾아 헤맸을 것이다.

'제국 수도 밑에 이런 곳이 있었을 줄이야.'

'지나친 트윈 헤드 오우거의 숫자만 수백 마리였다.'

트윈 헤드 오우거 한 마리의 무력은 소드 익스퍼트 상급 기사와 맞먹는다. 그런 것들이 수백 마리다. 분명 이곳의 가디언이니, 보통 트윈 헤드 오우거보다 곱절은 강할 것이다. 그밖에도 억 소리 날만한 몬스터들을 수차례 거쳤을 때 즈음, 그들의 앞에 문 하나가 모습을 드러냈다.

물론 그곳은 그들이 갈 접대실이 아니었다.

샛길이다. 그들을 안내하는 가디언은 이곳을 지나칠 것이다.

하지만, 제르커스의 기억을 읽어드린 경식은 저 방이 어느 방으로 통하는 곳인지 이미 알고 있었다.

바로 D—CODE로 향하는 길이었다.

"조금만 더 가면 접대실이 있습니다. 이곳은 목적지가 아니니 지나치겠습니다."

고블린 가디언의 자세한 설명에도 불구하고 경식 일행은 그 문 앞에 섰다. 경식이 그 문을 열려고 하자 고블린 가디언이 그의 앞을 막아섰다.

"이곳이 아닙니다."

"내가 가려는 곳은 이곳이 맞아."

"이러시면 적으로 간주하게 됩니다."

"음, 그건 곤란한데."

경식이 그리 말하며 시선을 끄는 동안, 옆에 있던 아란츠와 오르거는 이미 검을 뽑아 등 뒤로 감춘 상태였다. 오러가 당장이라도 가디언을 벨 듯 등 뒤에서 넘실거린다.

길잡이 가디언.

그는 비록 한낱 고블린의 형상을 하고 있지만, 그 기운은 가히 소드마스터 2명과 필적할 정도로 강력하고 방대했다. 괜히 가디언들의 우두머리 노릇을 하고 있는 것이 아니었다.

경식은 한시라도 빨리. 힘을 회복해야 하는 상황. 나설 수 없다.

그러니 둘이 기습적으로 끝을 내려는 것이었다.

하지만 고블린 가디언 역시 그 사실을 알고 있었다. 이 장소는 그의 몸과도 같은 곳이다. 못 느낄 리가 없는 것이다.

"흠."

고블린은 여유롭게 검을 뽑아 들었다. 그리고 둘의 오러 블레이드에 자신의 검을 맞대려 하였다.

'실패군.'

'싸움이 길어지겠어.'

두 소드마스터는 그런 생각을 하며 가디언에게 맞서려 하였다.

헌데, 검과 고블린이 부딪치려고 할 때, 두 소드마스터는 눈을 부릅뜨며 뒤로 물러났다. 그것은 경식 역시 마찬가지. 갑자기 전해져 오는 음흉한 기운에 소스라치게 놀라며 무조건 뒤로 멀리 떨어지고 보았다.

그리고 그 정체를 알 수 있었다.

그곳에 있었으면, 두 소드터는 눈앞의 고블린과 같은 꼴을 당했으리라.

서컥!

털썩.

두 소드마스터가 실패했던 기습이 제대로 들어갔는지, 고블린은 심장 어귀부터 가로로 베어져 두 토막이 나 쓰러졌다.

뒤를 돌아봤다.

그곳엔 검은 악마의 날개를 활짝 펴고 흰 이를 드러내고 웃고 있는 검은 피부의 남자 하나가 보였다.

모습은 많이 바뀌었지만, 경식은 그가 누구인지 알아챌 수 있었다.

"……테카르탄?"

"잘도 피했군, 다들."

테카르탄이 죽은 고블린의 시체를 차서 터뜨리며 씩 웃었다.

"너희를 죽이러 왔다."

모두의 눈이 크게 부릅떠졌다.

*　　　*　　　*

좌악!

테카르탄이 날개를 펴자 폭 3미터의 문이 꽉 찼다. 그는 검을 비스듬하게 들고선 경식 일행을 바라보며 빙글빙글 웃었다.

"어느 놈부터 죽여줄까."

도발이 아니었다. 진심으로 마음만 먹으면 죽일 수 있는 사람의 눈빛이었다.

그리고 그 압박감은, 진짜였다.

두 소드마스터의 등에 땀이 송골송골 맺히기 시작했다.

'나는 지금 회복을 해야 하는 상태다.'

그 거대한 소용돌이를 만들었다. 몸에 있는 소울 에너지가 텅 비었다. 물론 그것은 여우구슬에 있는 모든 영혼들 역시 마찬가지였다.

2천 미터 깊이의 소용돌이를 만들었으니, 당연하다면 당연한 결과였다.

그리고 제이크와 비견되는 테카르탄에게, 아무리 소드마스
터라 하더라도 둘은 상대가 되질 않는다.

테카르탄이 오르거를 가리키며 씩 웃었다.

"너부터구나."

검이 움직였다.

아니, 움직이나 싶었는데 다시 멈췄다.

헌데.

푸하악!

오르거가 가슴에서 피를 흘리며 뒤로 물러났다. 그의 얼굴
은 창백하기 그지없었다.

"……쿨럭!"

정말 한 치의 틈으로 인해 심장이 찔리는 참사를 면한 것이
었다. 만약 경식이 오르거의 멱살을 잡고 당기지 않았더라면
이미 그의 심장엔 바람구멍이 뚫려 있었을 것이다.

테카르탄이 경식을 보며 피식 웃었다.

"호오. 검이 보이나 보지?"

"……."

실로 엄청난 빠르기의 검이었다. 반쯤은 운이라고 말해야
될 정도로 요행적인 움직임이다.

다음번에 또 공격이 온다면, 이처럼 누군가를 지켜줄 수 있

을지 장담하지 못했다.

아니, 자신에게 공격이 들어온다면 어떨까?

피할 수 있을까?

인간이었으되 인간이 아니게 된 자. 마족이 된 자.

테카르탄.

꽈아악.

힘은 아직 모자라지만, 어떻게든 저자를 제치고 앞으로 나아가야 했다.

"마음이 정해졌으면, 내 검을 움직여도 되겠지."

테카르탄은 산책이라도 하듯 앞으로 걸어오며 경식에게 검을 겨누었다.

눈동자엔 살기가 가득했다.

경식 역시 온몸에 소울 에너지를 끌어올렸다.

회색의 소울 아머가 그의 몸을 감싸고, 그 위를 연보랏빛의 투명한 막이 다시 한 번 감쌌다.

그의 소울 에너지와 안트의 소울 에너지가 합쳐진 결과였다.

하지만 그때.

스스스스스스스슷!

멀리서부터 어떠한 소리가 거대해지기 시작했다. 그것은 수만 마리의 말벌이 윙윙대는 소리와도 같았다.

그것이 더욱 커지자 매미가 지저귀는 소리처럼 들려 왔다.

경식에게 꽤나 친숙한 소리였다.

그리고 그것은 테카르탄에게도 마찬가지였다.

아이러니하게도 둘 다 미소를 지었다.

누가 오고 있는지 알고 있음이었다.

"큿!"

옅게 웃은 테카르탄이 그의 검을 있는 힘껏 허공에 내리쳤다.

콰아아아아앙!

눈앞엔 거대한 검 한 자루가 생겨나듯 튀어나왔다.

거대한 검은 소울이터다.

소울이터가 허공을 격하고 테카르탄을 향해 날아왔던 것이다.

지륵. 지르르르륵!

버티고 있던 테카르탄의 몸이 뒤로 물러났다. 몇 발자국 물러나자 기세가 죽은 소울이터가 바닥에 툭 하고 떨어졌다.

그리고 시간차로 다가온 무언가가 테카르탄에게 육탄으로 돌격했다.

물론 테카르탄은 당황하지 않고 검을 휘둘렀다. 한 번 검을 휘둘렀을진대 검의 그림자는 족히 100개가 넘어갔다.

베기가 아닌, 찌르기로 만들어 낸 검의 막과도 같았다.

제이크는 씩 웃으며 땅에 박힌 소울이터를 쥐고 방패처럼 그 검격에 맞섰다.

따다다다다다당!

그렇게 모든 공격을 막고,

쿠콰카카칵!

반격한다!

그때, 사각지대에서 날붙이 두 개가 제이크를 향해 날아왔다.

그것은 다름 아닌 날개였다.

히히히히히힝!

로열티가 소울이터에서 빠져나와 제이크의 소울 아머가 되었다.

제이크의 소울 아머는 막는 기능만 있는 게 아니었다.

독자적으로 로열티가 움직여 제이크의 몸을 이동시킬 수도 있었다.

화악!

날개가 서로 엇갈리며 돌개바람을 만들어 냈다.

간발의 차이로 피한 제이크는 이미 양손에 소울이터를 쥐고 일격을 먹일 자세를 취했다.

검에서 갈색 기운이 용솟음치며, 한 방에 모든 걸 날려 버리겠다는 듯 휘둘러졌다.

"태산 떨구기!"

"……!"

테카르탄은 피했고,

콰아아아아앙!

폭탄 터지는 소리가 나며 눈앞의 문이 찌그러져 날아갔다.

드래곤 로드의 레어. 그곳에서 가장 중요한 곳을 막는 문이 보통 문일 리 없다.

모르긴 몰라도 미스릴보다 단단한 금속으로 만들어졌을 것이다.

그것이 종잇장처럼 찢어지는 일격이었다.

아무리 테카르탄이더라도 저것을 검 째로 받아냈더라면 성하지 못했을 것이다.

하지만 그것으로 끝이 아니었다.

소울베슬 2단계에서 사용할 수 있는 묘용.

모든 것을 끌어당기는 인장력!

게다가 제이크의 장기는 바로 이 인장력이었다.

테카르탄의 몸이 제이크에게로 빨려 들어가기 시작했다.

그리고 검과 마주친다.

테카르탄이 그 검을 맞받아쳤고,

콰앙!

그의 몸이 뒤로 쭉 밀려나며 벽에 부딪쳤다.

제이크가 씩 웃으며 경식을 보았다.

지금 보니 그의 몸은 상처투성이에, 물에 흠뻑 젖어 있는 상태였다.

"늦어서 죄송합니다."

"……제이크!"

"지나가십시오. 제가 막겠습니다! 저 녀석의 상대는! 당연하지만 저밖에 없지요."

그는 분명 힘들어 보였다. 하지만 그것과는 반대로 그의 눈은 웃고 있었다.

그것도 더없이 행복한 듯이!

피식.

자리를 털고 일어서는 테카르탄 역시 제이크와 같은 종류의 웃음을 흘리고 있었다.

"이렇게 된 이상 로드의 부탁을 들어줄 수가 없겠군. 네놈. 여전히 방해된다."

"언제나 그래왔지 않은가!"

"그래!"

화화화황!

테카르탄의 검이 시꺼멓게 물들더니 어둠과 동화되었다. 소리도 고요하니 없어졌다.

은신해 버렸다.

그리고 반면.

쩌저저정!

제이크의 소울이터가 갈색 빛으로 된 연기를 뿜어냈다. 자신이 지금껏 섭취한 모든 영혼의 총량을 발산하고 있었다.

밝았다.

그 밝은 연기가 주변에 뿜어지며, 어둠이 자욱한 것보다 훨씬 앞을 분간하기가 어려운 빛이 되어 버렸다.

그 속에서, 방금 전 어둠과 동화되어 사라졌던 검만이 요요하게 빛나고 있었다.

은신 검을 찾는 빛의 검.

둘의 마지막 검투가 그렇게 시작되었다.

Chapter 6

격돌

"넌. 더 이상 나에게 되지 않는다."

차가운 일침과 함께 검이 나비처럼 펄럭거렸다. 한 자루의 검에서 나온 수백 개의 검격이 주변을 온통 감싸 피할 수 없게 만들었다.

피할 생각도 없었다.

제이크가 검을 들어 크게 휘둘렀다.

그의 검이 만들어 내는 검은 단 하나였다.

빠걱!

둔탁한 소리와 함께 제이크의 검이 벽에 박혔다. 일격을 피한 테카르탄이 피식 웃으며 뒤로한 발자국 물러났다.

뚝뚝. 뚝. 피가 흘렀다.

제이크의 소울 아머를 뚫고 몇 개의 검격이 유효하게 작용하여, 그의 몸이 걸레처럼 너덜너덜해졌다.

"안타깝군."

테카르탄이 고개를 저었다.

제이크는 피를 뚝뚝 흘리며, 씩 웃을 뿐이었다.

"강해졌구나."

"피식."

"악마에게 영혼을 팔고, 원하는 강함을 얻었는가!"

"원하는…… 강함이라."

테카르탄은 자신의 바뀐 몸을 바라보며 귀신같이 웃었다.

"원하는 만큼의 강함? 내가 뭘 원했는가?"

"뭐긴. 나를 이길 만큼의 강함이겠지."

영원한 2인자.

제이크는 그 말을 끝으로 입을 다물었다. 테카르탄 역시 웃음을 지우고 입을 지웠다.

"1초라도 빨리 죽고 싶은가 보군."

"미안하지만 결과는 여느 때와 같을 것이다."

척!

"언제나 내가 이긴다!"

소울이터를 등 뒤로 비끄러맨 제이크가 눈을 크게 부릅떴다.

츠으으으읏.

가뜩이나 우락부락한 그의 근육이 더욱 거대해졌다.

그걸 보고 테카르탄은 혀를 끌끌 찼다.

"너는 충분히 강한 공격을 한다. 허나, 빠르지 않다면 피하면 그뿐."

물론 인장력을 이용하여 검으로 가까이 오게끔 만드는 제이크의 비기를 무시하는 것은 아니다. 오히려 충분히 경계하고 있다.

허나 그뿐.

충분히 경계한다면 두려운 게 없다.

"난 몸이 변하며 힘이 생겼다."

테카르탄의 검은 극쾌검. 눈에 보이지도 않을 정도로 빠른 검이었다. 잘 드는 검은 살에 그저 닿는 것만으로도 피를 자아낸다. 더욱이 오러를 뿜어낸다면, 힘 같은 것은 속도를 이길 수가 없다고 여겼다.

물론 일전의 제이크 앞에선 무용지물이었다.

허나 그의 몸은 잦은 암흑투기로 인해 바뀌어가고 있었고 그 상황에서 마계의 문이 열리며 암흑투기를 다량으로 받아드린 결과 그의 육체는 인간을 초월해 마족이 되었다.

그 결과.

휘두르는 검 하나하나에 태산을 부술 만한 힘이 생겼다.

일전보다 열 배는 강력한 검격을 10배는 빠른 속도로 뱉어
낸다.

아무리 제이크라도 받아 낼 재간이 없는 것이다.

"내게 힘은 아무런 소용이 없다."

근육이 커짐에 따라 제이크의 힘은 더욱 강해졌을 것이다.

하지만 그것뿐이다.

인장력 역시 날개로 쳐내면 그만이니까.

테카르탄은 그저 가소로웠다.

그 제이크가, 참을 수 없을 정도로 가소롭게 느껴진다.

'이런 날이 오게 될 줄은.'

그는 속으로 그리 생각하며 싱긋 웃었다. 썩 좋은 기분이
었다.

하지만, 여전히 지워지지 않는 제이크의 미소가 그의 표정
을 다시금 굳게 만들었다.

제이크는 조금의 흔들림도 없다.

유쾌하고 자신감 넘치는 미소가 그의 얼굴 가득 피어올랐
다.

"그 표정. 그대로 죽여주지."

자신이 죽는지도 모르게.

테카르탄이 앞으로 다가갔다.

제이크는 피하지 않았다.

다시금 공방전이 이어졌다.

*　　　*　　　*

"⋯⋯."

황제는 눈앞의 상황을 바라보면서도 아무것도 하지 못했
다.

눈앞의 대상이 너무 빠른 탓이다.

눈앞의 대상. 그것은 단 한 명의 소녀였다.

소녀의 탈을 쓴 악마.

드래곤 로드 갈라르바브.

그는 주변을 종횡무진하며, 뒤로 물러나는 기사들을 죽이
고 있었다.

한 번 손을 휘두를 때마다 수십여 명의 기사들이 명을 달
리했다. 갑옷이 깨지고, 온몸이 도자기처럼 부서졌다.

주변은 온통 얼음으로 뒤덮여 있다.

당사자가 불러냈던 마물들의 시체들 역시 꽁꽁 얼어붙어
있었다.

제이크가 떠나고, 얼마 안 있어서 벌어진 일이었다.

츠으으읏.

기이한 소리. 그리고 그 그이한 소리와 함께한 동안 적막이 찾아왔다.

재물군대를 이끌고 있던 드래곤 로드가 눈을 감고 인상을 찌푸린 채 가만히 있었기 때문이다.

황제는 그런 그를 공격할까 하다가, 어차피 물리적으로는 안 된다는 걸 알고, 아무것도 하지 않았다. 오히려 시간을 벌어야 하는 그의 입장에선 호재였다.

그러나 그러면 안 됐었다.

공격을 했어야 했다. 그게 아니라면 전군을 뒤로 물렀어야 했다.

몇 분 후, 눈을 다시 뜬 드래곤 로드는, 한 마리의 늑대가 되어 있었다.

뿔이 8개 달린 늑대!

"……!"

그 늑대가 강림하고 나자, 반경 수 킬로미터에 해당하는 공간이 일순간 얼어붙어가기 시작했다.

정말. 단 5초도 되지 않는 짧은 시간이었다.

그 시간 내에, 철의 군대라고 명명을 받은 기사 중 절반이 얼어 죽었다.

단 5초 만에 2만여 명의 철의 군대가 죽음을 면치 못했다는 말이었다.

다행이라면, 주변에 있던 재물 군대 역시 반 이상이 당했고, 당하지 않은 이들 역시 눈에 보일 정도로 빠르게 가루가 되어 흩어졌다는 것이다.

뭔지는 몰라도 엄청난 것으로 변신을 했는데, 출력이 너무 엄청나서 그 출력을 대신할 재물군대가 빠르게 사라지고 있는 것이었다.

급격한 소모는, 이윽고 재물 군대를 전멸에 이르게 만들었다.

100만이 남아 있던 재물군대가 단 한 마리도 남지 않게 되는 순간이었다.

그리고 그 결과,

4만에 이르던 철의 군대 역시 5천 이하로 그 전력이 줄어버렸다.

나머지 3만 5천은 꽁꽁 언 채, 괴로운 표정으로 죽어갔다.

그 이후, 뿔이 4개로 변한 늑대는 주변의 기사들을 닥치는 대로 도륙하고 있었다.

주변의 것들에 반응한다고 해야 하나? 뭔가 본분을 잊고 살육에 찌들어 있다는 느낌이었다.

'이성을 완전히 잃었다.'

황제는 그렇게 판단했다.

그리고 아주 매정한 판단을 했다.

'전군. 전진.'

어찌 된 영문인지는 몰라도, 피에 굶주린 야수가 된 그에게 더욱 많은 재물을 주어야 했다.

기사 대신, 군사들이다.

어차피 기사건 일반 병사건 간에 일격을 맞으면 모두가 찢어지고 쓰러지는 판국에 굳이 기사들을 내세우는 것은 멍청한 짓이었다.

잘 훈련된 병사들이라지만, 죽으러 앞으로 전진하는 것은 꺼려지는 일일 터.

하지만 어쩔 수 없었다.

도망가는 이는 목을 벤다는 기사들의 고함 소리와, 정말 베어 넘어지는 소리를 들으며 공포를 끌어안고 앞으로 전진하는 수밖에.

그렇게 모두가 죽어 갔다.

많은 이들이 죽어 간다.

피에 굶주린 한 마리 늑대는 동분서주하며 피를 마시고 고기를 삼키며 핏빛 만찬을 즐겼다.

수십만의 목숨과, 초단위로 시간을 바꾼다. 그것밖에 할 수 있는 일이 없었다.

그렇게 1초. 1분. 10분이라는 시간을 벌어 갔다.

"인간은…… 살아남을 것이다."

황제의 손바닥에 손톱이 파고들어 피가 뚝뚝 흘렀다.

눈동자엔 피눈물이 차오르는 듯했다.

                    *   *   *

쾅! 콰앙!

쿠구구구구궁!

"......!"

경식은 등 뒤에서 들려오는 소리를 뒤로한 채 앞으로 달려
나갔다. 제이크와 테카르탄의 싸움이다. 그는 제이크가 이기
리라 믿어 의심치 않았다.

'지면 곤란해요.'

경식 일행은 앞으로 죽어라 달렸다. 제르커스의 기억에 의
하면, 지금 달리고 있는 이곳이 D—CODE로 향하는 길이 확
실했다.

그는 제르커스의 기억을 간신히 찾아 읊었다.

'문을 넘으면 폭이 20미터 정도 되는 긴 통로가 쭉 이어진
다.'

그리고 그 통로를 지금 경식 일행은 뛰어가고 있었다.

'길이는 30km.'

드래곤의 레어라서 그런지 스케일 또한 남달랐다. 꼭 이럴

필요가 있나 싶지만, 의문보다는 당장 해결해야 할 문제가
더욱 컸다.

앞으로 달려 나간다.

그리고 그 뒤를 오르거와 아란츠가 뒤따랐다.

그들의 등 뒤엔 땀이 송골송골 맺혀 있었다.

'또 무엇이 나올지.'

그들은 소드마스터다. 인간들 중에서 최정점에 오른 자들
이라 할 수 있었다. 하지만 드래곤 레어로 향하는 길목에서
경식이 보여 준 거대한 신위. 그리고 마주쳤던 가디언들. 또
한 자웅을 겨룰 뻔한 고블린 가디언.

모두 다 자신들보다 윗줄일지도 모르는 초강자들이었다.

그리고 그 초강자를, 기습이라지만 단 한 방에 두 동강 내
버린 자가 있다.

테카르탄.

실지로 그 테카르탄은 오르거를 죽일 뻔했다.

그것을 구해 준 것이, 한때는 애송이라고 생각했었던 경식
이었다. 경식은 그가 보지도 못한 테카르탄의 공격과 방향을
알아차리고 오르거를 뒤로 끌어서 간신히 죽음을 면케 해 주
었다.

그리고 나타난 제이크.

제이크는 테카르탄마저도 쉬이 넘길 수 없는 공격을 지금

이 순간까지도 감행하며 경식 일행에게 길을 터주었다.

심각한 무력감이 느껴지는 건 어쩔 수 없는 것이었다.

'도대체 난 이곳에 무엇 하러 왔는가.'

그리고 그런 생각을 하는 것은 아란츠 역시 마찬가지였다.

소외감을 느끼는 것이다.

차라리 전장에서 활약을 했더라면, 조금이라도 더 도움이 되지는 않았을까?

그때, 경식이 그런 둘의 마음을 읽기라도 한 듯 둘을 안심시켰다.

"여러분들은 제국에서 가장 강한 소드마스터들이잖아요?"

"하지만……."

"도움이 하나도……."

경식이 무슨 소리냐는 듯 고개를 저었다.

"괜히 데려온 게 아닙니다. 저는 이제부터 아무것도 못 해요, 사실."

D—CODE에 접촉하려면 드래곤 로드임을 인증해야 한다. D—CODE는 드래곤 로드가 아니면 접근조차 불가능하다.

물론 드래곤 로드를 인식하는 방식은 DNA나 마나배열 따위가 아닌, 오로지 뿜어내는 마력의 절대 값이었다. 너무 허술하다고 생각될 수도 있지만, D—CODE가 인정하는 정도의 절대 값을 낼 수 있는 이는 드래곤 로드밖에 없다.

그리고 역설하자면 D—CODE가 인정하는 절대 값을 낼 수 있는 이라면, 충분히 드래곤 로드가 될 수 있다는 말이 된다.

그리고 그것은 드래곤 로드는 언제든 바뀔 수 있게끔 시스템화 되어 있다고 말하는 것과 같았다.

물론, 그럴 일이 거의 없지만 말이다.

'그리고 거의 없는 일을 아주 잠깐이나마 만들려면, 내가 만전의 상태여야만 해.'

물론 이렇게 뛰어가다가 D—CODE가 바로 보여서 손을 대고, 전원을 꺼버린다면 얼마나 좋고 편할까?

"가디언이 존재합니다."

그리고 그 가디언은, 지금껏 만나 본 모든 가디언보다 강력할 것이 분명했다.

"원래는 제이크와 함께 가는 것을 상정했지만…… 테카르탄이 변수가 될 줄은 몰랐습니다."

D—CODE를 지키고 있을 가디언.

그 가디언은, 어쩌면 대륙의 모든 소드마스터가 달려든다고 해도 승산이 없을지 몰랐다.

하지만 경식은 힘을 채워야 하는 상황이고, 남은 것은 소드마스터 두 명밖에 없다.

두 명으로 어떻게든 해야 하는 상황인 것이다.

꿀꺽.

둘은 자신이 없었지만, 고개를 끄덕였다. 자신이 없다고 빼고 자신이 있다고 박고 할 수 있는 상황이 아니었던 것이다.

"어떻게든 잡아 보이겠습니다."

"힘으로 안 되면 목숨을 바쳐서라도요."

둘의 의지는 결연했다. 경식도 싱긋 웃었다. 하지만 마음 속으론 웃을 수 없었다.

'둘이 아무리 강하다지만, 제르커스의 기억 속 가디언은 정말 최상급이다.'

소드마스터는 찜 쪄 먹을 만큼 강한 기계거병으로 알고 있었다. 그 정도라면, 제르커스와 합일한 지금의 경식이 마음먹고 달려들거나, 제이크가 나서지 않으면 처치가 불가능한 수준이다.

둘이 상대할 수 있을 리가 없는 것이다.

'어떻게든 속전속결로 잡고 넘어간다.'

다행히도 가디언은 한 마리. 소드마스터 둘과 자신이 한 번에 심장부를 파괴하면, 가장 적은 손실로도 쓰러뜨릴 수 있을 거라 예상된다.

그렇게 결심한 경식은 빠르게 앞으로 치달렸다. 3km 정도만 더 달리면, 크기가 족히 20m는 되는 거대한 기계병사가 그들을 반길 터였다.

츠으으으으윗!

경식의 양손이 붉은 바람으로 이글거렸다. 투마의 힘과 자신의 소울 에너지가 합쳐진 결과였다.

"한 방에 끝냅시다."

"……."

둘은 자신들의 검에 강력한 오러를 덧씌우는 것으로 대답을 대신했다.

[내가 도와줘야 하면 말해.]

구미호 역시 여차하면 경식과 빙의를 하려고 마음을 가다듬었다.

—헐헐. 나의 도움이 필요하면, 말하는 게 좋을걸세.

옆에서 왕년 노인이 설레발을 친다.

이 와중에 농담을 하는 왕년 노인이 오히려 친근하게 느껴진다.

"알겠습니다. 도움이 되실지는 모르겠지만요."

—헐헐헐. 그건, 두고 봐야 알 일이 아니겠는가.

경식은 그 말에 피식 웃었다. 실없는 소리 하기는.

그런 생각을 하며 달리자, 아스라이 거대한 실루엣이 눈에 들어오기 시작했다.

예의 그 가디언이 분명했다.

츠아아앗!

경식의 신형이 빨라졌다. 그리고 그것과 동시에 두 소드마스터의 움직임도 그에 못지않게 빨라졌다.

가디언의 모습이 확확 앞으로 다가왔다.

경식은 오른쪽 주먹에 소울 에너지를 집중시켰다.

단 한 방에 끝내리라!

하지만. 상황은 모두의 생각과는 다르게 흘러가고 있었다.

"······!"

경식은 대뜸 멈춰 섰다. 모두가 그의 움직임과는 상관없이 멈춰 섰다.

눈앞엔 분명 기계 모양의 기하학적인 가디언이 존재했다.

헌데, 원래의 모습이 아니었다.

완전한 파괴.

치직. 치지지지직.

스파크를 튀기며 파괴된 거병이 몸을 간헐적으로 떨고 있었다.

누군가가 이미 죽인 것이다.

"그것도, 일격에."

아란츠의 말이 끝나기가 무섭게 어둠 속에서 실루엣 하나가 모습을 드러냈다.

"또다시 이렇게 보는군. 반갑다고 해야 할지······ 허어. 어떻게 해야 할지 모르겠구먼."

머리를 긁적이며 등장한 노인은 검을 들고 있었다.

그리고 그 검은, 누군가의 성명병기였다.

유감이 가득한 얼굴로 경식 일행을 바라보고 있는 것은 다름 아닌, 검성 르아르거였다.

* * *

뚝. 뚝뚝.

강이 될 정도로 피가 떨어지고 있었다.

이것은 모두 제이크의 피였다.

하지만 제이크는, 웃고 있었다.

오히려 테카르탄이 인상을 찌푸리며, 제이크를 노려보고 있다.

'도대체 뭐지?'

테카르탄은 오만상을 찌푸렸다.

결정타는 아니더라도, 지금껏 제이크를 벤 것이 백 번은 족히 넘는다. 아무리 그가 괴물에 버금가는 체력을 가지고 있다지만, 이렇게 많은 피를 흘리면 죽어야 정상이다.

아니, 하다못해 체력이 떨어지거나, 다리라도 절어야 정상이다.

'그래 봐주고 봐줘서, 다치기 전만큼만 빠르고, 다치기 전

만큼만 강력해야 정상이지 않은가 말이다.

그런데 지금 눈앞의 제이크는 더욱 강해져 있었다.

검을 맞댄 손이 저릿저릿하다.

'도대체 무슨 꿍꿍이일까.'

주변에 흥건한 피.

그리고 더욱 강해진 제이크의 신체능력.

눈은 죽기는커녕 일전보다 더욱 빛나고 있었다.

오히려 조바심을 느끼는 건 테카르탄 쪽이다.

"하!"

콰콱!

제이크가 소울이터를 땅에 박고 당당하게 선 채 테카르탄
에게 말했다.

"40년 전이 생각나는구나. 그때도 이랬던가!"

"......!"

테카르탄의 눈이 크게 부릅떠졌다.

40년 전은 제이크와 테카르탄이 처음 만났었던 시절이었
다.

좋건 싫건, 둘의 머릿속엔 그때의 일이 아주 잠깐이나마 회
상되어 돌아갔다.

그때. 테카르탄은 말 그대로 엘리트였다. 그는 소드 익스
퍼트 최상급의 기사였으며, 그가 사용하는 쾌검은 소드마스

터라 할지라도 결코 좌시할 수 없을 정도였다.

콧대가 높을 대로 높았다.

그때, 그 콧대를 가차 없이 짓뭉개는 한 사람이 나타났다.

무검류.

산골에서 검을 배웠다는 부랑아.

빛의 늑대라고 불리게 되는, 제이크의 등장이었다.

"나를 이길 자! 없는가!"

그는 검이 유명한 유파를 찾아다니며 도장 깨기를 하고 다니던 치기어린 애송이였다.

적어도 젊은 테카르탄의 눈에는 그렇게 보였다.

"건방진 놈이로군."

본때를 보여 줄 작정으로 검을 휘둘렀다.

그의 검은 빨랐고, 제이크는 그의 검을 제대로 볼 수조차 없었다.

만약 그때 첫 합에 목을 베었더라면, 지금의 제이크는 없었을 것이다.

하지만 오만함에 제이크를 가지고 놀기에 이르렀고, 제이크는 자신이 장난감이 된 상황을 최대한으로 이용했다.

전투 중에 성장한 것이다.

그리고 테카르탄이 가장 방심한 틈 사이로 그의 검을 찔러 넣었다.

추아악!

섬광과도 같은 투박한 검이 테카르탄의 배를 쑤시고 지나 갔다.

"크헉!"

테카르탄 인생 최초의 패배였다

"크하하하하하핫! 괜찮은가!"

'빨랐다. 빠른 검이야.'

헌데 자신보다 빠르진 않았다.

그런데, 공격을 허용했고 져 버렸다.

그때는 분하고 억울했다.

죽이고 싶었다.

그런데, 괜찮냐고 손을 내미는 그의 목에 모른 척 검을 꽂 아 넣기엔 보는 눈이 많았고, 체면이란 게 있었다.

그의 손을 잡고 일어났다.

그게 제이크라는 악연의 시작이었다.

제이크는 테카르탄을 꺾음으로써 일약 요주인물로 급부상 했다. 그는 테카르탄과 비슷한 쾌검을 사용하며, 빛의 늑대 라고 불리었다.

일견 듣기에 붉은 제비라고 불리던 그보다, 빛의 늑대라고 불리는 제이크가 강해 보인다. 그리고 실지로도 대련에서 제 이크가 이겼었다.

인정하고 싶지 않았다.

'내 검이 더 빠른데. 애초에 내가 방심하지만 않았더라면!'

그는 죽어라 검을 휘둘렀다. 수련을 열심히 했다. 제이크 역시 그만의 방법대로 강해져 갔다.

세간에선 둘을 라이벌화 하여 입방아에 올렸고, 둘 역시 그렇게 생각했다.

테카르탄은 이를 갈며 라이벌임을 부정했지만 검을 더욱 열심히 휘둘렀고, 제이크는 언제나 웃으며 자신은 그와 라이 벌이라고 이야기해 주었다.

둘은 1년에 한두 번 정도는 항상 검을 휘둘렀다.

말이 친선이었지, 누가 죽어도 전혀 이상하지 않을 정도로 과격한 격투였다.

둘의 검투를 본 누군가는 이런 말을 했다.

'검이 보이지 않는 검투.'

둘의 검은 처음부터 끝까지 보이지 않는다. 갑자기 자세를 잡고 서 있던 둘 중 한 명의 몸에 생채기가 나고, 한 명이 뒤 로 물러서고. 또한 다가서고 뒤로 물러서지만, 검투가 시작하 고 나서부터 끝이 날 때까지 아무도 두 자루의 검을 보지 못 했다는 것이다.

때로는 제이크가 지고, 또한 테카르탄이 질 때도 있었지만 대부분 비등비등했다. 그리고 언제나 누가 이겨도 이상할 게 없는 싸움이었다.

결투에 진 테카르탄은 몹시 분개했으나, 제이크는 웃었다.

그리고 테카르탄은 그 웃음이 죽이고 싶을 정도로 마음에 들지를 않았다.

'반드시 압도한다. 내가 압도하고 말리라!'

5년이라는 세월이 그렇게 흘렀다.

테카르탄은 소드마스터가 되었다.

그리고 얼마 후, 제이크 역시 소드마스터가 되었다.

테카르탄은 자신이 제이크보다 먼저 소드마스터가 된 것에 자부심을 느꼈다.

그리고 대련을 청하려고 하였다.

하지만 때가 잘 맞지 않았다. 제이크는 이미 대륙의 10대 소드마스터들을 한 명씩 격파한답시고 그들을 찾아다니는 여행을 떠난 상태였다.

그리고 듣자 하니, 테카르탄이 그보다 먼저 소드마스터가 된 것도 모른다고 한다.

울화가 치밀어 그도 당장에 짐을 쌌다.

이러니저러니 해도, 테카르탄의 마음속에 제이크는 애증의 상대로 자리 잡혀져 있었다.

제이크가 제노스소드 본트를 꺾었다는 소식이 들려 왔다.

얼마 후 다섯 별의 검 사간을 죽였다는 말이 들려 왔다.

'지지 않는 것인가?'

테카르탄은 눈을 부릅떴다. 그는 자신이 선배라고 생각했던 이들을 하나둘 격파해 나가고 있었다.

그의 행보가 빨라졌다.

여섯 명의 소드마스터를 제이크가 꺾고 일곱 번째를 찾아가려 할 때쯤, 테카르탄은 제이크를 만날 수 있었다.

제이크는 넝마를 뒤집어쓴 거지꼴을 하고 있었다.

"이게 누군가! 테카르탄 아닌가! 하하하하! 친구여!"

제이크는 테카르탄을 진심으로 반갑게 맞아 주었다. 테카르탄이 소드마스터가 된 것을 알아차리고 진심으로 기뻐해 주었다.

"언제 소드마스터가 된 것인가!"

"너보다 먼저다."

"하하! 그런가. 이것 참. 내가 먼저라고 생각했거늘. 아쉽군. 아쉽게 되었어! 크하하하하하하핫!"

그러나 그의 어투는 전혀 아쉽지 않았다.

역시나. 마음에 들지 않는 녀석이다.

"널 내가 왜 찾아왔는지. 알고 있겠지?"

그 말에, 제이크는 씨익 이를 드러내며 고개를 끄덕였다.

"그런데 괜찮겠는가?"

"……그 말이 무슨 뜻이지?"

"나는 강하다."

제이크는 허풍을 떠는 스타일이 아니었다.

그가 강하다고 말한 거면, 그는 정말 자신이 강하다고 생각해서 말하는 것이었다.

그리고 저 말은, 적어도 테카르탄 앞에서는 처음 하는 말이었다.

나는 강하다?

빠득.

테카르탄은 대답 대신 검을 빼 들었다.

그의 성명절기가 펼쳐졌다.

붉은 제비 베기!

슈바바밧!

10개의 검영이 동시에 터져 나왔다. 그리고 그것은 모두 실체. 전 방향에서 다가오는 오러의 기운은, 제이크의 전신을 금방이라도 쑤실 것만 같았다.

일전. 소드마스터가 되기 전에는 다섯 개의 검밖에 뿜어내지 못했었다. 그것만으로도 제이크는 기겁하며 대처하지 못했었다.

소드마스터가 된 후로는 7개까지 뽑아냈다.

그리고 지금은 10개다. 제이크만 소드마스터가 된 이후 성장을 한 것이 아닌 것이다.

'한 방에 끝을 낸다.'

자신이 이길 것이다.

이것은 예상이 아니다. 진실.

확신!

그렇다면. 제이크가 진다면. 그의 앞에서 무릎을 꿇는다면?

목을 베어야 할까.

아니면 손을 내밀어야 할까?

'가차 없이 목을 벤다.'

결정이 났다.

그의 손속에, 일말의 정이 없어지는 순간이기도 했다.

검이 더욱 빨라졌다.

그 순간 깨달음 아닌 깨달음을 얻고, 11개째의 검이 돌아나는 기염을 토해 냈다.

눈이 부릅떠졌다.

확신한다. 죽인다!

하지만 테카르탄의 11개의 검을 막아선 건,

새하얀 오러가 깃든 13자루의 검이었다.

"……"

테카르탄은 제이크에게 무릎을 꿇은 꼴이 되었다.

검은 테카르탄의 목에 갖다 대어져 있었다.

"죽여라."

테카르탄은 같은 상황을 상정하고, 죽이려고 마음먹었다. 그리고 그렇게 마음먹은 순간 10개의 검이 11개가 되었다.

그리고 제이크 역시 그러한 깨달음을 얻었으리라. 그러니 13자루의 검을 뽑아내었겠지.

허나 제이크가 휘두른 건 검이 아니었다.

그는 검을 거두고 손을 내밀었다.

"일어나시게, 친구!"

"……"

테카르탄은, 그의 손을 잡지 않았다.

그저 도망치듯 그 자리를 벗어났다.

아니, 도망쳤다는 표현이 옳으리라. 실지로 도망쳤으니까.

그리고 다시금, 검에만 매진했다. 폐관수련 정도가 아니다. 아예 첩첩산중으로 가 검만을 휘둘렀다.

번뇌. 번뇌. 번뇌. 그리고 또 번뇌!

제이크를 이길 수 있으리라 확신하는 그때까지, 검을 계속 휘둘렀다.

꼭. 뛰어넘으리라.

10년이 지났다.

세상에 나온 테카르탄은 제이크부터 찾았다.

허나, 제이크는 없었다.

테카르탄과의 싸움이 있은 후, 제이크가 찾아간 곳은 에리오르슈 가문.

제이크는 그곳의 가주에게 무참하게 패배하고 만다.

그리고 그의 산하에 들어가 오러가 아닌 다른 공부를 배웠다고 들었다.

그리고 그의 칭호도 바뀌었다고 한다.

귀검사 제이크.

"……."

화가 났다.

자신은 그를 이기려고 10년이란 세월을 고생했는데, 그는 마나의 길을 버리고 다른 길을 걸었다고 한다.

찾아갔다.

그리고 만났다.

제이크는 예전의 키 크고 호리호리한. 자신과 같은 체형의 전사가 아니었다.

뇌까지 근육으로 채워진 듯한 거대하고 둔한 몸뚱어리.

자신의 허리보다 굵고 투박하게 생긴 거대한 검!

쾌검을 구사하는 그는 어디에도 없었다.

헌데,

그는 검을 휘두르지 못했다.

제이크의 전신에서 뿜어져 나오는 알 수 없는 기운.

그 기운에 전신이 압도되어 버린 것이다.

검을 뽑아보기도 전에 겁을 먹었다.

빠득.

그를 반갑게 맞으려는 제이크를 뒤로하고 떠났다.

검을 섞을 가치도 없다 여겼다.

겁을 먹었음에도, 인정하지 않았다.

이가 갈렸다.

그 이후, 테카르탄은 광적으로 강함에 집착했다. 그러다가 암흑투기를 알게 되고, 마계의 누군가를 섬기게 되었다. 그리고 마계의 누군가가 다름 아닌 드래곤 로드란 걸 알았을 때, 그는 마족이 되는 길을 택했다.

"그리고 네 앞에 이렇게 서 있지. 그래…… 40년 전과 똑같은 구도로군."

하지만 결과는 다를 것이다.

"그리고, 무릎을 꿇을 너에게 나는 자비를 베풀 생각이 없다."

씨익.

테카르탄은 다시금 이를 드러내며 웃었다.

마음에 들지 않았다.

그리고 지금은 그 마음에 들지 않는 저 입을 반으로 쪼갤 힘이 있었다.

헌데, 제이크가 입을 열었다.

"그때도 그랬다. 나는 너에게 지고 있었고, 결국엔 이겼지. 너와 나는 항상 그랬다. 처음엔 네가 이기는 듯하다가, 내가 이기기를 반복했지. 네가 있어, 난 이렇게 강해졌다. 너 역시 내가 있어…… 강해졌으면 했는데, 이 꼴이 되었구나."

뚝. 뚝. 뚝.

제이크의 팔에서 피가 계속 흘러나왔다.

테카르탄은 죽어 가는 제이크를 바라보며 심드렁하게 말을 이어 갔다.

"나는 강해졌다."

"너는, 너 자신을 버렸다."

"너 자신을 버린 건…… 네가 아니더냐."

오러를 버리고, 소울 에너지를 택했다.

물론, 테카르탄 역시 암흑투기를 택했다.

뚝. 뚝.

피가 흐르는 가운데, 제이크가 말을 이어 갔다.

"우리는 비슷한 구석이 참 많군. 마나를 버리고 상위 기운을 배운 것도. 그리고 쾌검을 쓰는 것도!"

"……쾌검?"

테카르탄은 쾌검을 쓰는 게 맞았다.

하지만 제이크는 쾌검을 쓰지 않았다.

저 둔탁한 몸이. 저 둔탁한 검이 어딜 봐서 쾌검에 적합한 몸이란 말인가? 웃기지도 않는 말이다.

빠르긴 하다만, 테카르탄의 눈으로는 하품이 나올 정도로 느린 공격. 인장력을 이용하지 않는다면 막을 필요도 없는 공격이었다.

그런 게 쾌검이라고?

중검 중의 중검.

둔검 중의 둔검이 아니던가.

뚝. 뚝.

뚝.

"……."

"흠…… 하지만 쾌검이 맞다."

피가 멈췄다.

그리고.

너무 많이 흘러, 나를 이루던 제이크의 피가 하늘로 붕 떠오르더니 소울이터로 빨려 들어가기 시작했다.

끄어어어어!

소울이터가 구슬프게 울었다.

기쁨. 혹은 안타까움이 섞인 울음소리다.

뭔가, 평생 간직한 무언가를 토해 내는 심정을 담은 구슬픈 울음소리다.

츠ㅇㅇㅇㅇ.

갈색의 연기가 주변 뿌옇게 물들였다. 아니, 뿌옇다 못해 갈색의 물 안에 들어가 있는 것만 같았다.

테카르탄이 인상을 찌푸릴 즈음,

주변의 모든 소울 에너지가 제이크에게로 쭉 유입되었다.

두근!

"큭! 봉인의…… 완전 해제."

자신의 피로 계약을 맺은 소울이터에게, 계약을 맺은 만큼의 피를 토해 내어 계약을 파기한다.

날뛰던 기운은 해방되었다.

그리고 제이크에게로 유입되었다.

거대했던 근육.

그 근육의 섬유질 한 가닥 한 가닥이 모두 축소되기 시작하더니, 거대한 몸은 온데간데없고, 호리호리하고 마른 몸이 드러났다.

테카르탄과 견주어도 손색이 없을 정도의 군더더기 없는 몸.

"지금까지, 나는 말이 되어 살아왔다."

에리오르슈 가문에 투신하며, 그는 소나 말처럼 일만 하는 가축이 되겠다 결심했다.

소울이터의 환영 역시 말의 모양이었다.

하지만, 본래 그의 심상은 말 따위가 아니다.

한 마리의 야수.

호랑이.

크르르르르르!

소울 아머에 새겨진 것은 호랑이와 같은 갈색 줄무늬였다.

그리고, 그 주변을 감싸는 빛의 무리.

그야말로 빛의 호랑이.

소울베슬 3단계. 마스터.

이것이 제이크의 신위. 제이크의 본모습이었다.

"너는, 개다. 충실한 개. 아니, 늑대. 드래곤 로드의 충실한 개가 되었지. 그리고 나는 말이었다. 에리오르슈 가문의 충실한 말. 그리고 지금 족쇄를 풀고 난 내 본모습을 찾았다."

늑대와 호랑이.

"......!"

크아아아아아!

그것을 본 테카르탄의 날개가 작아지며 작아진 분만큼 피부가 검고 짙어졌다. 털이 돋아났고, 하나의 뿔이 생겨났다.

완전한 마족화.

테카르탄은 눈을 감았다.

대신 검에 눈이 생겼다.

제이크가 서글프게 웃었다.

"기괴하구나, 친구여!"

"그어어어어!"

둘이 격돌했다.

어둠과 빛이 조화롭게 엉키더니,

이내 한 세력이 강해지며 모든 것을 덮기 시작했다.

＊　　　＊　　　＊

소드마스터 위에 있는 소드마스터.

검성 르아르거.

그는 검을 쥔 이후 숱한 죽을 고비를 넘겼으며, 그와 같이
검을 시작한 이들 중 남은 이는 그 하나밖에 없었다.

명실공히 대륙 최고의 검.

모두의 추앙을 받는. 추앙을 받아 마땅한 인물.

그런 검성 르아르거가 먼저 이곳에 와 경식 일행을 기다리
고 있었다.

오르거가 검성을 보고 감격에 차 소리쳤다.

"살아계셨습니까, 검성!"

그 말에, 르아르거가 씁쓸하게 웃었다.

"음…… 죽지 못해 산달까?"

"그건 또 무슨……?"

"말 그대로라네. 난 지금 죽고 싶은데, 죽지 못하고 있네. 내 자유의지라는 걸 지금 치명적으로 간섭받고 있는 중이라네."

르아르거의 짧은 대답으로는 상황을 이해할 수가 없었다.

하지만 경식 옆에 있던 구미호는 르아르거의 모습을 자세히 살피더니, 알아차린 듯 고개를 끄덕였다.

[쟤 지금 영혼에 직접적으로 뭔가 걸려 있어.]

'뭐가 걸려 있다고?'

[영혼에 무언가가…… 걸려 있어. 종속 같은 거.]

정확히는 모르지만 비슷하게는 알 것 같다. 그리고 경식 역시 잡히는 부분이 있었다.

'그러고 보니 황제의 각인과 뭔가 연관되어 있을지도……?'

경식의 생각에 대답이라도 하듯, 르아르거는 한숨을 푸우욱 내쉬며 자세하게 설명을 해 주기 시작했다. 그 설명은 경식이 생각하는 것과 같은 종류의 것이었다.

"그 옛날. 황제와 나는 의형제를 맺은 적이 있다네."

황제와 의형제를 맺으며, 르아르거는 황제에게 자신이 황제를 배신하지 않으리라 다짐하고, 그 다짐의 의미로 영혼의 계약을 맺었었다.

"일종의 세뇌라지만, 난 세뇌라고 생각하진 않았네. 단지 상대방에게 믿음을 주는 방법이라고 생각했어."

다섯 개의 각인.

마음을 다해, 진심으로 명령을 하면 다섯 번을 르아르거는 수행하기로 계약을 했다.

말 뿐인 계약이 아니라, 영혼에 각인된 계약이다.

"참. 영혼 관련은 에리오르슈 가문이 전문이었어서, 에리오르슈의 전전대 가주가 보증을 서고 영혼 각인을 도와주었었지. 세상은 참 살다보면 별일이 많아. 그 각인을 새겨 넣어준 덕분에 에리오르슈 가문이 망하는 데에 내가 공조했으니 말이야."

사실 공조한 것은 아니었다.

에리오르슈 가문을 공격하는 마도국의 세력을 뻔히 보면서도, 손을 댈 수가 없었을 뿐이다.

황제의 명령이었다.

손을 대지 말라는, 황제의 명령.

각인의 힘은 발휘되었고 명령은 지켜졌다. 만약 검성이 마도국의 침공에 대항했더라면, 에리오르슈 가문은 그렇게 호락호락 무너지진 않았을 것이었다.

"저번에 마계의 문이 열렸을 때에도 내가 막을 수 없었던 이유였지. 그래, 황제는 죽었는가?"

심드렁한 표정으로 그리 말하는 르아르거. 하지만 그의 눈동자는 미미하게 떨리고 있었다.

경식은 그가 듣고 싶어 하는 대답. 진실을 말해 주었다.

"아니요. 드래곤 로드에 맞서서 훌륭하게 싸우고 계십니다. 드래곤 로드에게 심령을 제압당해서 오해를 빚었습니다만, 지금은 아니시지요."

"흐음, 그렇군."

르아르거의 눈동자가 한층 누그러졌다.

"다행이야, 그건. 그리고 유감이기도 하군. 이 상황이."

그는 한숨을 내쉬며 검을 빼 들었다.

그의 성명병기가 찬란한 빛을 토해 낸다.

"그 드래곤 로드인가 뭔가가 황제에게 빙의되어 있을 때, 난 두 개의 명령을 들었다네. 하나는 그곳에서 최대한 멀리 떨어지라는 것. 그리고 또 하나는……"

쿵!

그의 발이 바닥을 찢었다.

"이곳을 사수하라는 것이라네. 아무도 들이지 말라는 것. 그러니, 나는 자네들이 이곳을 지나가는 것을 용납할 수가 없네. 그러니 부디 날 죽여주길 바라네. 제발, 자네들에게 그 능력이 있다면 말일세."

르아르거가 받은 명령은 '이곳을 지나가게 하지 마라'였다. 그러니 지나가려는 대상을 저지하면 될 뿐, 죽이진 않아도 된다.

아니, 그러한 명령 역시 심층적으로 받은 바 있지만, 그 정도는 르아르거의 재량껏 어떻게든 할 수가 있는 것이다.

"……"

경식 일행은 침묵할 수밖에 없었다.

드래곤 로드. 생각보다 엄청난 안배를 해놓았지 않은가 말이다.

'셋이 달려들어도 어찌할 수 없을 것 같은데.'

그래도 시도는 해 봐야 했다. 어찌 되었건 이곳을 지나가야 D—CODE에 도달할 수 있기 때문이다.

츠츠츠츳.

경식의 양팔에 붉은 소울아머가 씌워지고, 그 위에 다시금 연보랏빛 소울 에너지가 덧씌워졌다.

가장 공격력이 강력한 투마의 힘을 다시금 끌어올린 것이다.

그리고 그 기세를 파악한 두 소드마스터 역시 자신의 검에 오러를 잔뜩 주입했다.

굳이 움직임이 기민할 필요도 없었다.

"들어갑니다."

"어서 오시게."

르아르거는 검을 들고 셋의 공격을 받아 낼 준비를 이미 끝마친 상태였다.

그리고…… 콰앙!

우당탕탕!

르아르거와 격돌한 셋 중 두 소드마스터가 뒤로 나자빠져 쓰러졌다.

그리고 경식은 가까스로 검을 쥔 채 뒤로 물러났다.

검에서 뿜어져 나오는 생명의 기운이 경식의 소울 아머를 눈에 띄게 갉아먹고 있었다. 그런 와중에도 검이 다시 휘둘러져 경식을 위협했다.

경식이 뒤로 물러났고,

르아르거는 쫓아오지 않았다.

이 세 명은 인간을 초월한 초월자라 말할 수 있겠다.

그 초월자 셋을 일격에 날려 버린 것에 비해, 그의 표정은 상당히 어두웠다.

"그 정도로는 많이 모자라네. 적어도 지금보다 5배는 더 강력한 힘으로 날 내리쳐야 나에게 생채기라도 낼 수가 있다네."

"……"

그러려면 적어도 두 명의 영혼에게 진명을 부르게 하거나, 구미호와 직접적으로 결합을 해야 하는데, 그렇게 되어 버리면 기껏 회복한 소울 에너지를 다시 한 번 거나하게 사용해야 한다.

　'그렇게 하고서도 장담을 못하겠어.'

　큰일이다.

　지금 이 순간에도 드래곤 로드가 이곳으로 향하고 있을지 모르는 상황인데, 지체를 해야만 하는 이 상황이 한심스러워 견딜 수가 없었다.

　"마음 같아서는 당장에라도 비켜주고 싶군. 정말 그리고 싶은 심정이야. 차라리 자살이라도 하고 싶은데, 그게 되질 않으니……."

　상황을 정확하게 판단하진 못하고 있지만, 르아르거 역시 자신이 무언가 큰일을 하는 것에 걸림돌이 되고 있다는 것을 잘 알고 있었다.

　"저 방을 넘어가지 못하면 인간은 이 세상에서 없어지게 됩니다. 그래도 못 비켜주시겠습니까?"

　"허어……."

　이토록 큰일에 걸림돌이 될 줄이야.

　르아르거는 한숨을 푹 내쉬며, 괴롭다는 듯 인상을 찌푸렸다.

　"차라리 제발 죽여주게."

　"하아……."

　모두가 한숨을 내쉴 만한 그런 상황이었다.

Chapter 7
왕년 노인의 정체

"하아아아아……"

갈라르바브는 눈을 떴다.

잠에서 깬 듯 정신이 몽롱했다.

주변을 둘러볼 여력도 없었다. 그리고 그런 그를 건드리는 이는 아무도 없었다.

아무것도 모르겠다. 지금껏 무슨 일이 있었던 것일까?

그런 생각을 하고 있는데, 거짓말처럼 모든 것이 기억이 나기 시작했다.

"하아. 내가 먹혀 있었던 것인가."

그렇다. 말 그대로였다. 그는 그가 천 년 만에 흡수한 자신의 심장에 내재된 암흑투기에 취해 이성을 잃었었다.

"명색이 드래곤의 수장이, 말이 아닌 꼴이 되었군. 낄낄낄 낄낄낄."

그는 유쾌하게 웃었다. 아니, 유쾌하기보단, 비릿했다. 듣는 이로 하여금 소름이 끼치게 만드는 웃음을 그는 짓고 있었다.

자신도 놀랄 정도의 웃음.

그는 자각했다.

"나는 어둠을 이겨낸 것이 아니로군?"

밀려드는 어둠에 취했고, 정신을 차린 지금.

그는 어둠을 이겨내어 정신을 차린 것이라고 잠깐 착각했었다.

그래 착각. 단지 착각이었다.

이겨낸 것의 정 반대의 결과.

졌다. 먹힌 것이다. 그는 지금 암흑투기라는 마계의 더러운 기운에게 취한 것을 넘어서, 영혼까지 완벽하게 먹혀버린 것이었다.

"크하하하하하하하하!"

그는 유쾌하게 웃었다.

그래, 지니까 좋다. 유쾌했다. 왜 지금껏 버티고 있었는지 도무지 일전의 자신이 이해가 되질 않았다.

"흐으음…… 크큭."

주변을 다시금 둘러봤다.

아주 뚜렷하게 상황이 이해되었다.

그는 미쳤고, 피에 취했다. 그래서 굳이 하지 않아야 할 충동적인 짓거리를 하고 있었다.

"맨손으로 살육을 하고 있었군."

그의 앞에는 겁에 질려 미쳐 날뛰는 인간들이 있었다.

뒤에는, 그들의 미래의 모습이 있었다. 시체들. 끓어넘치는 시체들. 자신이 맨손으로 이룩한 수십만의 시체들이 뜨거운 피와 그로 인한 열기를 뿜어내며 붉은 아지랑이를 만들어 내고 있었다.

"좋은 광경이긴 한데, 머리가 맑아져서 이러고 있을 시간이 없다는 걸 이제 알고 있지."

아니, 알고 있기는 일전에 알고 있었다. 그렇기 때문에, 대군을 이끌고 갈 필요도 없었다는 걸 안다. 테카르탄이나, 검성 르아르거를 보내 자신의 대적자를 방해할 필요도 없었다.

그저 그냥 자신이 직접 자신의 레어로 갔으면 되었다. 그래야 되었다.

그런데, 심정적으로 그게 안 되어 이러고 있었던 것이었다.

증오 때문에. 어쭙잖은 인간에 대한 증오 때문에.

하지만 지금은 없었다. 아니, 증오가 너무 많아서 오히려 정신이 맑아졌다.

중요한 건 이게 아니다.

"이제 가야 할 때군. 늦기 전에 말이야."

그의 모습이 푹 꺼지며 사라졌다.

"……?"

그의 폭주를 끝까지 지켜보고 있던 황제가 눈을 부릅떴다.

"뭘 그리 놀라고 있는가."

옆에서 들려오는 섬뜩한 목소리.

뒤를 돌아보자,

그곳엔 비틀린 웃음을 짓고 있는 소녀. 아니, 소녀의 탈을
쓴 드래곤 로드 갈라르바브가 서 있었다.

차앙!

황제는 검을 뽑아 들었다. 그리고 혼신의 힘을 다해 휘둘
렀다. 그의 검에서 최상급의 마나블레이드가 불길처럼 뿜어
져 나왔다.

스칵! 하는 소리와 함께 황제의 오른팔이 떨어져 나갔다.
피가 분수처럼 뿜어져 나왔다.

"끄으으윽!"

황제는 이를 악물며 뒤로 물러났다.

등 뒤로 누군가가 부딪쳤다. 그를 부축해서 앉혀 주었다.
황제가 뒤를 돌아보자, 그곳엔 갈라르바브가 씨익 웃고 있었

다.

"내가 널 죽일 것 같은가? 더러운 벌레에 손을 버릴 순 없지."

황제는 벌떡 일어나, 성벽 뒤, 정확히 호수 유르제가 있는 곳을 바라보며 말했다.

"몰살시킬 것이다. 일일이 죽이는 건 귀찮지. 손도 많이 가고. 지켜 보거라, 인간의 왕이여. 그대가 이룩한 모든 것이 허무하게 사라지는 모습을."

그 말을 끝으로 갈라르바브의 모습이 사라졌다.

"……"

황제는 멍하니 그가 사라진 곳을 바라보며 중얼거렸다.

"부탁하네. 제발…… 어떻게든……"

*   *   *

쾅! 쾅!

콰콰쾅!

"허억. 헉. 허억……"

"후우우우……"

두 소드마스터는 구슬땀을 흘리며 눈앞의 상대를 노려보았다.

르아르거.

그의 얼굴은 절망으로 일그러졌다.

"미안하네. 미안해. 내가 하필이면 방어위주라서, 실력을 죽이고 죽여도 이 모양이라네."

물론 그가 마음대로 자신의 실력을 죽일 순 없었다. 방어만 하겠다고 마음을 먹을 순 있기에, 달려들라고 말을 한 것이다.

경식은 힘을 모으는 중이라 쓸 수가 없다. 그리고 둘은 상대가 되질 않는다. 그렇다고 아무것도 하지 않을 수도 없는 노릇이다. 그러니 지푸라기라도 잡는 심정으로. 아니, 모든 것이 실패로 끝났을 때 '난 그래도 발악이라도 했어'라는 변명이라도 만들고자 두 소드마스터는 계란 같은 자신들의 비루한(?) 몸을 르아르거라는 바위에 부딪치고 있는 것이었다.

그 결과는 정말이지 처참하기 그지없었다.

경식도 그걸 보면서 한숨밖에 나오는 것이 없었다.

'정말 내가 나서야 하나.'

나서면, 분명 이 위기는 타파할 수 있을 것 같았다. 하지만 그다음엔? 그다음엔 어떻게 해야 할까? D—CODE앞에서 소울브리딩이나 하다가 갈라르바브가 와서 그걸 구경하는 걸 보고, 하핫 벌써 오면 어떡해? 라고 말하면서 곤란해 하면 되는 건가?

'으으. 이건 뭐 어떻게 해야 되는 거야!'

경식도 곤란하고, 르아르거도 미안하고, 두 소드마스터는 아예 면목 자체가 없었다. 옆에서 그걸 지켜보는 구미호는 어쩔 줄을 몰라 하고 있었다.

[나, 나랑 빙의를 하면…… 안 되겠지.]

"잘 아네."

구미호와 빙의를 한다는 건, 경식의 모든 소울 에너지를 불나방처럼 불태우고 시작한다는 것과 진배없었다. 경식이 지금 나서는 것보다 더욱 처참한 결과가 기다리고 있는 것이다.

그걸 알고 있으니, 구미호도 입을 다물었다.

헌데 이런 심각한 와중에도 왕년 노인은 농담을 내뱉고 있었다.

―헐헐헐. 내가 도와줄까 하는데, 어떤가?

"……이봐요. 진짜 하나도 안 웃기거든요."

경식은 정색을 하며 왕년 노인을 노려봤다. 이젠 일부러 이러나 싶을 정도다.

뭐라고 쏘아붙일까 하다가, 이내 한숨을 내쉬었다. 그럴 시간이 아까웠다.

"어휴, 됐습니다."

말을 끝마치는 순간이었다.

쿵! 쿵! 쿵!

주인니이이이이이임!

아스라이 누군가의 반가운 목소리가 들려 왔다. 경식은 화색을 하며 뒤를 돌아봤다. 역시 제이크였다.

"제이크!"

"이기고 돌아왔습니다!"

제이크가 유쾌하게 웃으며 경식 앞에 섰다.

경식은 그런 제이크를 반갑게 맞아주려 했는데, 그런 그의 웃음이 멍한 표정으로 순식간에 변해버리고 말았다.

"몰골이 왜 이래요? 아니. 왜 이렇게 살이 빠졌어?"

제이크의 모습은 파격 그 자체였다.

상처투성인 것은 애교로 쳐줄 수준이다. 몸에 있는 근육이라는 근육의 총량을 십으로 나눈 것만 같았다. 물론 워낙 거대한 몸이다 보니 줄었다 해도 다부진 체격인 것은 맞았지만, 일전의 제이크에 비하면 지금은 말 그대로 후 불면 날아갈 것 같은 체형이 된 것이다.

소울이터 역시 마찬가지였다. 그냥 아무 대장간에서나 살 수 있는 낡은 철검이었다.

"도대체 무슨 일이 있었던 겁니까?"

"그저 봉인을 풀었을 뿐입니다."

"봉인이요?"

경식은 고개를 갸웃했지만, 제이크는 더 이상 설명할 필요를 느끼지 않는지, 눈앞에 보이는 르아르거를 바라봤다.

　"네가 왜 이곳을 막는가!"

　그 말에, 르아르거가 한숨을 푹 내쉬었다.

　"그렇게 되었네. 제발 나를 어떻게든 해 주게."

　정확히는 아니지만, 상황을 어느 정도는 파악한 제이크가 인상을 찌푸렸다.

　"흐음."

　"맞아요! 제가 나설 수가 없어서 그럽니다. 제이크. 어떻게 안 될까요? 르아르거는 지금 영혼의 각인에 의해 명령을 받아서……"

　"불가능합니다!"

　제이크는 정말 딱 잘라서 말했다. 불가능하다고. 듣는 순간 빈정이 상할 정도로 단호하게 말이다.

　"힘을 다 썼습니다!"

　"아니, 그래도 저희와 함께 상황을 도모하시면……"

　"시도라도 해 보심이……"

　두 소드마스터가 제이크에게 다가왔지만, 제이크는 한숨을 내쉬며 고개를 저을 뿐이었다.

　"그러고 싶지만, 안 되는 건 안 되는 겁니다! 원통하군요."

　"……."

상황은 다시금 원점이 되었다.

"으음. 선택의 여지가 정말 없군요."

제 살 깎아먹는 식이다. 하지만 이러지 않으면 앞으로 나아갈 수 없을 것 같았다.

츠츠츠츳.

경식의 전신에 소울 에너지가 스멀스멀 올라오기 시작했다. 그리고 그 찬연한 보랏빛이 눈에 띠게 연해졌다. 어떤 영혼과 조합을 하건, 우선 소울 에너지를 최대한으로 끌어올려야 하니 출력을 높이는 중이었다.

그때, 왕년 노인이 그의 귓가에 속삭였다.

—마지막 기회네. 내가. 도와줄까?

"……아오, 진……?"

왕년노인은 도통 분위기 파악을 하지 못했다. 경식은 정말 참다 참다 못해 뭐라고 쏘아붙이려고 했다. 하지만 그는 입을 다무는 것도 모자라, 잔뜩 끌어올린 소울 에너지를 흩어 버렸다.

아니, 자연스럽게 흩어졌다.

압도적인 압력.

호랑이. 아니, 드래곤을 마주한 기분이 들었기 때문이다.

눈앞의 왕년 노인.

그가 일전에 없던 태산 같은 기운을 뿜어내고 있었다.

제이크가 씩 웃으며 말했다.

"저분의 도움을 받으십시오."

"……네?"

"위대한 전사여. 내가 이름을 말하리오이까?"

제이크가 경식이 아닌 남에게 이러한 존칭을 썼다.

다른 이도 아닌 왕년 노인에게.

……생각해 보니, 제이크는 왕년 노인을 처음 만났을 때 이후로는 그를 직접적으로 부르거나 상대한 적이 단 한 번도 없다는 걸 경식은 깨달았다.

언제나 조심했고, 말도 섞지 않았다.

이게 그 이유였다.

왕년 노인은 여전히 경식을 바라보며 빙긋 웃고 있었다.

—다시 물어보겠네, 에리오르슈의 유지를 받드는 이여. 본 좌가, 도와주길 원하는가?

그 위엄 있는 말투에, 왕년 노인을 이 세상에서 가장 무시하던 구미호가 소스라치게 놀라서 소리쳤다.

[누, 누구야? 넌 도대체 누구니? 왕년 노인 맞아?]

—헐헐헐. 구 선생. 나는 그대가 아는 왕년 노인이 맞다오. 다만, 다른 이름이 존재하지.

후아아아아아아앙!

왕년 노인의 주변으로 소울 에너지가 웅혼하게 뿜어져 나왔다.

그리고, 보일 리 없는 그 기운이 일반인에게도 보일 정도로 뚜렷해졌다.

말도 안 되는 일이다.

그 일이 벌어졌다.

그리고 일반인인 세 사람. 아란츠와 오르거, 르아르거의 눈에도 왕년 노인의 모습이 뚜렷하게 보이기 시작했다.

"저, 저건?"

다들 무엇이지 싶었다. 공중에 둥둥 떠다니는 영체를 처음 보았을 것이기 때문이다.

왕년 노인이라는 이름의 영체는, 놀라워하는 세 명 중 한 명에게로 걸어갔다. 아란츠는 자신에게로 다가오는 왕년 노인을 바라보며 뒤로 물러났다.

—아이야. 두려워 말거라. 테르무그 가문의 자랑거리여. 언제나 말하고 싶었다. 가문의 유지를 받들어 주어 고맙다.

"……?"

—그냥 그렇다고. 말하고 싶었단다.

싱긋 웃은 왕년 노인은, 멍하니 자신을 바라보고 있는 경식을 돌아봤다.

—내가 왕년에 말일세. 이곳에 온 적이 있었다네. 그리고 자네와 같은 일을 벌였지.

"……!"

항상 왕년에 어쩌고저쩌고 하며 허풍을 떨던. 그래서 왕년 노인이라 불리던 눈앞의 노인.

노인은, 근엄하게 경식을 바라보며 말했다.

지금까지 한 말은 허풍이 아니라고.

모두가 진심이었고, 진실이었다고.

그리고 지금, 왕년 노인이 자신의 이름을 입 밖으로 꺼내었다.

"본좌는 진명을 미리 말해 주겠네. 본좌의 이름은 테르무그 그란츠. 지금 자네가 하려 하는 일을, 미리 수행해 본 사람이라네."

"……."

경식은 할 말을 잃고 입을 쩍 벌렸다. 그것은 이곳에 있는 모두가 마찬가지였다.

초대 에리오르슈 가문의 가주와 함께, 천 년 전에 이곳에서 인류의 종말을 막아섰던 인물.

테르무그 그란츠!

쿵!

"조상님을 뵙습니다!"

아란츠가 무릎을 꿇으며 눈물을 흘렸다.

왕년 노인은 흐뭇한 표정으로 그런 아란츠를 바라보며 웃다가, 경식에게 덧붙였다.

—마지막으로 묻겠네. 본좌의 도움이 필요한가?

그 말에, 경식이 고개를 끄덕였다.

화아아악.

곧이어 빛 무리와 함께 기적 같은 일이 일어났다.

*   *   *

"……."

테카르탄은 멍한 얼굴로 동굴의 천장을 바라보고 있었다. 그곳엔 진정 아무것도 없었다.

꿈도. 희망도. 그 아무것도 없었다.

그의 검은 부러졌다. 날개는 끊어졌다. 몸은 반파되었고 무릎을 꿇은 채 테카르탄은 침을 질질 흘리고 있었다.

"왜. 항상 네놈이 이기는 것이냐. 무엇이 문제인 것이냐."

조금 전, 자신이 상대했던 제이크는 또다시 성장해 있었다. 그가 일전에 알던 제이크가 아니었다.

아니, 그가 알지 못하는 모습을 항상 보여 주는 것을 언제 나 일삼던 놈이 제이크였으니, 새삼 새로울 것도 없었다.

제이크는 새삼 새로울 것 없이 더 강해져 있었고,

그는 새삼 새로울 것도 없이 졌다.

그리고 새삼 새로울 것도 없이,

제이크는 널브러진 자신에게 검 대신 손을 내밀었다.

"꺼져라."

테카르탄은 조금 전 제이크에게 했던 말을 다시금 대뇌이며 고개를 푹 숙였다.

왜 난 항상 지는 것인가. 왜 그 녀석은 항상 자신보다 조금씩 앞서는가.

아니, 지금은 조금 앞선 수준이 아니었다.

압도되었다.

그리고 동정을 받았다.

차라리 죽이라고 말했지만, 녀석의 손에 죽여질 가치조차 득하지 못했다.

그는 쓰레기가 되어 이곳에 이렇게 널브러져 있었다.

뚝. 뚝뚝.

믿기지 않는 일이었다. 자신의 눈두덩에 습 막이 차오를 일이 다신 없을 줄 알았는데 말이다.

눈물이 한 번 나오기가 어려웠지, 터져 나오는 건 쉬웠다.

"크흑. 크흐흐흐흐흑!"

그가 오열했다. 듣는 것만으로도 가슴이 먹먹해진다. 그럼에도 불구하고 그의 등을 토닥여줄 아무도 존재하지 않았다.

그의 곁엔 아무도 없었으니까.

"꼴사납군. 내 군대의 수장이 울고 있다니."

"……!"

들썩이던 테카르탄의 등이 멈췄다.

갈라르바브가 어느새 그를 내려다보고 있었다.

"졌군."

"……."

"쓸모없기는."

갈라르바브가 혀를 끌끌 차며 고개를 저었다. 쓸모가 없어도 이렇게 없을 수가 있나. 검성을 배치하지 않았더라면 큰일 날 뻔하지 않았는가 말이다.

그때, 테카르탄의 입이 나지막이 열렸다.

"……주십시오."

"무어라?"

"힘을 주십시오. 이번엔 제대로 할 수 있습니다. 암흑투기…… 아니, 당신의 힘을. 저를 다시 써 주십시오. 제발……."

"……."

이렇게 간절한 테카르탄은 처음 보았다. 갈라르바브는 그런 테카르탄을 보며, 무심하게 고개를 끄덕였다.

"너를 쓰겠다."

"……정말이십니까?"

"당연하지. 넌 요긴하게 쓰일 것이다."

갈라르바브의 손이 테카르탄의 정수리에 얹어졌다.

츠ㅇㅇㅇㅇ웃.

다 죽어 가던 테카르탄의 몸에서 암흑투기가 뿜어져 나오기 시작했다.

그걸 느낀 테카르탄의 입가에 미소가 걸렸다.

실로·엄청난 힘이…… 밖으로…… 밖으로…….

밖으로 빠져나가고 있었다.

"이, 이건! 주군이시여. 이건……!"

"뿔의 개수가 조금 모자라는구나."

"이런. 빌어먹을……!"

테카르탄은 어떻게든 그의 손아귀에서 빠져나가려 했다. 하지만 그러면 그럴수록 그의 영혼과 암흑투기는 갈라르바브가 가지고 있는 사령의 구슬로 빨려 들어갔다.

어찌 되었건 인간을 초월한 검객의 최후치곤 너무나도 비참했다.

최후의 순간에 그는 어처구니가 없어서 웃었다.

주마등처럼 스쳐 지나가는 그의 모든 기억의 대부분을 차지하고 있는 인물의 얼굴 때문이었다.

제이크.

'왜 네가 지금 떠오르는 것이냐…….'

테카르탄은 툴툴 웃었다.

그의 눈동자에서 빛이 꺼졌다.

*　　　*　　　*

"흐으으음."

경식. 아니, 왕년 노인.

아니.

인간 역사상 최강이라 추앙받는 전설의 인물.

테르무그 그란츠.

그가 경식의 몸에 빙의한 채 주변을 둘러보고 있었다.

"오랜만에 오감으로 세상을 느끼니 좋구먼."

[뭐야. 경식이가 아니야?]

구미호의 말에, 그란츠는 다 안다는 듯 구미호를 안심시켰
다.

"구 선생이 무슨 걱정을 하는지는 알고 있소. 하지만 걱정
하지 마시오. 이 늙은이가 젊은이의 몸을 지배해서 무슨 의미
가 있겠소? 끼어들 상황이 아니었다면 끼어들지도 않았을 것
이오."

왕년 노인은 경식의. 아니, 아주 잠깐 동안 자신의 것이 된
손을 움직이며 역량을 가늠해 보았다.

"헐헐. 이렇게 훌륭한 육체가 되어 버렸구먼. 나의 힘을 사용하기에 충분하겠어."

지금 경식은 여우구슬 안에 있었다. 그곳에서 영혼들과 함께 힘을 회복하고 있었다. 회복에만 집중할 수 있게 된 만큼 회복하는 속도가 빨랐다.

그란츠는 경식의 힘을 사용하지 않고, 자신의 힘만을 사용할 생각이었다.

영혼으로써 쌓아 올린 자신의 온전한 힘.

"죽고 나서야 소울 에너지라는 개념을 깨달을 수 있었지. 이 거대한 힘을 살아생전에 사용했던 에리오르슈가 얼마나 대단한지도 알았고 말이야."

마나의 개념으로 극의에 이른 테르무그 그란츠.

그가 생을 다해 죽으며 영혼이 되고, 깨달은 것은 다름 아닌 소울 에너지의 운용방식이었다.

당연했다. 왜냐면 영혼이 되었으니까.

오크도 죽어서 소울에너지를 사용하게 되었고, 트롤이나 오우거도 마찬가지인데 인간인 테르무그가 소울 에너지를 사용하는 법을 깨닫는 건 어찌 보면 너무나도 당연했다.

"물론 써먹을 방법도 없었고, 써먹자고 다른 사람에게 빙의하는 것도 못할 짓이라 생각했지. 나는 망령이 아니라네. 한도 없고. 그저 자유로운 영혼이었지. 이런 기회가 오길 기다리면서도, 오지 않기를 바랐지. 이런 식으로 인류의 중차대한 결정을 해야 할 순간이 올 거라 예상했기 때문이라네."

"……."

장황한 설명. 모두가 그 설명을 들으며 침을 꿀꺽 삼켰다.

경식. 아니, 그란츠에게서 뿜어져 나오는 기운이 모든 것을 압도했기 때문이다.

심지어 르아르거 역시 침묵을 지키고 있었다.

아니, 그는 압도를 넘어서 희열을 느끼고 있었다.

눈앞의 존가, 굳이 명확히 듣지 않아도 누구인지 알 수 있었기 때문이다.

하지만 단 한 사람. 구미호는 달랐다.

구미호는 한숨을 푹 내쉬며 빈정거렸다.

[설명충 극혐.]

영혼일 때나 지금이나, 설명을 하는 건 여전한 모양이었다.

"끄응. 아무튼 그렇다네. 그러니 르아르거라고 했던가? 난 자네를 죽여야 하네. 조금도 물러설 수 없지 않은가?"

그 말을 들은 르아르거의 입꼬리가 씨익 말려 올라갔다.

"하하. 전설이라 불리는 이를 만났는데, 그자가 나를 죽인다 하는구려. 헐헐헐헐."

"대충 살아생전의 나이는 비슷하거나 내가 더 많겠지만…… 으잉. 그냥 말을 놓게. 어차피 내가 자네를 죽여야 하니까 말일세."

"나를 말인가?"

르아르거는 어깨를 으쓱이며 주변을 둘러봤다. 누가? 누가 이런 상황에서 쉽게 죽어준대? 그렇게 말하는 듯한 제스처였다.

"헐헐. 일이 이상하게 돌아가는구먼. 자네. 죽여 달라고 하지 않았는가?"

"그거야, 풋내기들에게나 그렇게 한 말이지. 상대방이 과거, 인간 최고의 검사라면 이야기가 달라지지 않겠는가."

츠ㅇㅇㅇㅇ웃.

검성 르아르거. 그가 평생을 들고 휘둘러 온 그의 애병이 찬란한 빛을 뿜어내며 주변의 모든 빛을 집어삼키기 시작했다.

검 자체는 밝게 빛나는데, 그 주변의 오르는 먹물처럼 검은, 기이한 현상이 일어났다.

그것을 본 그란츠가 눈썹을 꿈틀거렸다.

"진심이로군. 자네."

"이 기회를, 놓칠 순 없지. 나의 전력을 부딪쳐도 되는 상대가. 꿈에서도 그리던 상대가. 겨룸을 상상하며 수련을 해오던 상대가! 언제나 동경하던. 스스로 뛰어넘었다 자신할 수 없던 상대가 눈앞에 버젓이 나타났는데 말이야!"

파르르르!

주변이 떨어 울렸다. 모두가 압도되었다. 그의 몸에서 빛무리가 뿜어져 나와 주변을 감쌌다.

"오러가 아니로군."

그란츠는 흥미롭다는 듯 웃었다. 전신에서 오러를 발산하는 것도 아니고, 그 상위단위 무언가를 발산하고 있었다.

"훗…… 그러한 기운인가."

그란츠가 허허롭게 웃으며 고개를 꺾었다.

"지금 이 육체가 말이야. 사기적으로 좋네. 아무리 본 주인의 힘을 사용하지 않는다고는 해도, 여과 없이 예전의 힘을 사용할 수 있지. 그래도 괜찮겠는가?"

"내가 핸디캡을 바라겠는가? 어서 오기나 하게."

"흐으음."

그란츠는 경식의 몸을 쓸어 보았다.

확실히 근육질의 몸이긴 하지만, 이것은 경식이 경식의 싸움을 할 때 최적화 된 몸이지 그가 무언가를 할 수 있을 정도로 단련되진 않았다.

옆에서 그란츠를 못미덥게 지켜보고 있는 구미호에게, 그가 싱긋 웃으며 말했다.

"내가 나가면 몸은 다시 돌아올 것이니 너무 걱정 말길 바라오, 구선생."

[무슨 말을 하는 거야?]

빠득. 득. 빠드드득!

왈칵!

갑자기 경식의 키가 자라나기 시작했다. 그에 따라서 근육이 팽창하고 수축하기를 반복하며 점점 본연의 크기가 거대해진다. 갑자기 백발이 성성해지며 주름살이 끼기 시작하다 다시 팽창하더니 거대해진 근육이 그 상태에서 2배는 더욱 거대해졌다. 그러고는 다시금 검은 머리가 뽑혀져 나오기 시작한다.

30센티 정도 되는 길지도 짧지도 않던 경식의 머리카락이 어느새 1미터는 넘게 자라났다. 검은색과 흰색이 섞여 있는 기이한 조합이었다.

그것이 끝났을 땐, 키가 2.5미터에 달하는 거대한 남성이 모두를 내려다보고 있었다. 얼굴이야 물론 경식의 얼굴이었지만, 그 밖의 모든 건 경식이 아니라 제이크라고 해도 믿을 정도로 판이하게 달라져 있었다.

아니, 근육의 부피가 작아진 지금의 제이크는 그란츠에 비하면 아직 덜 큰 청소년의 느낌이었다.

[저, 저, 저! 나의 경식이를 돌려줘!]

구미호가 발작적으로 소리쳤지만, 그란츠는 어깨를 으쓱였다.

"그래서 돌아온다 하지 않았는가. 후으음. 그래, 이 눈높이도 오랜만이로군."

세상을 다 굽어보는 듯한 느낌이다. 그는 시선을 내려 자신의 팔을 보았다. 그의 의지에 따라 우람한 근육이 심장처럼 펄떡거리고 있었다.

"허허. 좋구만. 육체는 좋은 것이지. 그렇고말고."

물론 육체를 변형시키려고 그가 가지고 있던 힘의 1할이 사용되었지만, 그의 힘을 최적화 시켜 사용하려면 어쩔 수 없는 수순이기도 했다.

르아르거가 그 모습을 보며 감탄해 마지않았다.

"이것이. 현세에 그대로 모습을 드러낸 테르무그 그란츠인가."

"그렇다네. 이 육체는 온전히 나의 것과 같지. 그리고 사실이 마검이라는 녀석도 알고 보면 말일세?"

스르르릉.

경식이 허리에 비끄러매고 있었던 마검이 뽑혀져 나왔다.

우르르릉!

마검은 마치 주인이라도 만났다는 듯 일전에는 토해 낸 적이 없는 거대한 검명을 토해 내고 있었다.

그란츠는 마검을 귀엽다는 듯 바라보며 쓰다듬었다.

"오랜 세월 많이 변했구나. 내 손에 다시 쥐어지니 어떠냐.

기분이 좋아지지?"

그란츠가 힘을 불어넣자 마검의 표면에 금이 가기 시작하더니 밝은 빛이 뿜어져 나왔다. 그 후 문양이 새겨지더니 검신 자체가 2배는 더 길고, 두껍게 변한다. 같은 크기의 검이 2배는 커진 느낌. 그럼에도 불구하고 거대한 그란츠에겐 그저 한 손에 들 수 있는 조금 큰 검에 지나지 않았다.

이것이 테르무그 그란츠가 죽은 후에 자체적인 에고를 갖고 떠돌던. 마검의 진정한 모습이었다.

"파트너를 오랜만에 보듬으니 기분이 좋군. 그렇다면 폼멜에도 같은 것이 기어 있어야 할진대……."

폼멜. 손잡이 가장 끝 부분. 그 부분은 거대한 구슬이 들어가 있어야 했지만 지금은 아무것도 없었다.

그리고 그 구슬이란 것은 다름 아닌 드래곤 하트.

천 년 전. 제르커스가 죽은 후 적출했던 드래곤 하트가 있었던 곳이었다.

"그리고 그 드래곤 하트는 이 몸에 잘 흡수되어 있는 것 같군. 잠시 빌리겠네."

쯔우우웅!

왼손에 파란색 기운이 뭉치더니 하나의 구체가 되었다. 구슬은 아니고 기운의 집합이었지만, 외형이 어쨌건 그것은 명백히 드래곤하트였다.

그것을 폼멜에 가져가자, 폼멜 부분이 그것을 받아들이듯 잽싸게 집어삼켰다.

그러더니 검의 기운이 바뀌었다.

산들바람이 불어와 엮이고 설키더니, 그란츠가 들고 있는 검 자체가 투명해지며 보이지 않게 되었다.

"검의 길이가 예측되지 않는다. 이것이 대인전에서의 큰 장점이었지. 정말이지 왕년 생각이 나는구먼."

이윽고 손아귀 부분마저 투명해지는데 그것이 팔꿈치, 어깨. 급기야 몸 전체로 퍼져 나가며 그란츠의 몸을 가리기 시작했다.

"이런 기예도 부릴 수가 있지만……그건 너무 반칙이지."

그 말에, 르아르거가 씩 웃으며 항변했다.

"본디 자신의 힘을 모두 끌어내야 의미가 있는 법 아니겠는가. 나 역시 그런 것쯤은 간파할 수 있는 능력이 존재한다네."

"왜 없겠는가, 이 시대의 최강자여. 하지만 나 역시 그대를 상대함에 따라서 전력을 다하고자 함이니, 이런 신변잡기는 필요 없다네."

"……?"

"우리에겐 시간이 없고, 나의 전력을 한 방에 쏟아 부을 건데, 이런 잡기를 위해 내 기력을 소모하고 싶지 않다는 것이

지. 사실 유지시간도 얼마 남지 않았다네. 이래 보여도 '빙의'
가 아니라 '강림'을 하고 있는 모양새라 말이지."

알 듯 모를 듯한 말을 하며 피식 웃은 그란츠는, 검을 양
손으로 쥐초 정수리 위로 치켜 올렸다.

"그럼. 가 볼까 하네. 준비 되었는가?"

르아르거 역시 씩 웃으며 양손 가득 검을 쥐었다.

"오시게."

씨익.

그란츠가 웃으며, 다시금 모습을 드러낸 자신의 검을 쥐고
앞으로 치달렸다.

그것을 본 르아르거가 눈을 부릅뜨며 검을 휘두를 준비를
하였다.

검에서 새하얀 생명기가 줄기차게 뿜어져 나왔다. 그것이
오러와 섞이며, 검은 새하얗게, 그리고 주변의 모든 것은 먹
물처럼 시꺼멓게 물들었다.

빛을 발하기 위해서 주변의 모든 기운을 집어삼키는 듯한
느낌이었다.

주변의 생명력을 말살시켜버릴 정도로 끌어 모아 오러와
겹친다.

"좋은 발상이로군."

그란츠가 씩 웃으며 르아르거에게로 치달렸다.

그것을 보며, 제이크는 눈을 부릅떴다.

그란츠의 움직임은 빠르지 않았다. 느리지도 않았다. 그저 평범한 움직임이었다.

자신이 르아르거의 입장이라면?

충분히 피할 수 있음에도 불구하고 피할 수 없었고, 막을 수 있음에도 불구하고 마음이 불안해지는 일격이었다.

'헌데, 아무것도 느껴지지 않는다!'

검에는 예기가 서리기 마련이다. 예기는 둘째 치고, 마나라도 느껴져야 한다. 오러는 당연히 그 존재감이 거대하다. 그리고 그 오러 외의 소울 에너지가 겹쳐진다면 그 기운 만으로도 멀리서 그 기운을 느끼고 몸을 떨어야 정상이었다.

헌데 그란츠가 휘두르는 마검에선 아무것도 느껴지지 않았다.

나뭇가지를 들고 있어도 이것보단 위압감이 있겠다 싶을 정도로. 차라리 가상의 막대기를 연기하듯 집은 것이 더욱 현실성 있을 정도로, 아무것도 느껴지지 않았다.

하지만 하나는 알겠다.

저게 부딪치는 순간.

주변은 위험하다.

"모두 눈 감고 뒤로 물러나라아아!"

"……!"

제이크의 말에 아란츠와 오르거가 눈을 감고 뒤로 물러났다.

그리고 둘의 검이 부딪쳤다.

순간, 감은 눈이 따가울 정도로 강력한 빛이 뿜어져 나왔다.

그 후에 진동이 뿜어져 나와 온몸이 저리고 귀가 먹먹해졌다.

곧 세상의 모든 것이 한 번에 폭발하기라도 한 것처럼 거대한 소리가 그들의 영혼을 뒤흔들었다.

"후우우우우우."

누군가의 한숨 소리가 흘러나왔다.

르아르거의 것이었다.

그는 한쪽 무릎을 꿇고 검을 지팡이 삼아 꽂아 놓은 채로 힘겹게 그란츠는 올려 보고 있었다.

"이거…… 위험했구먼, 정말로."

그란츠가 핏기 하나 없는 얼굴로 애써 웃으며, 르아르거를 보았다.

르아르거의 가슴은 이미 뻥 뚫려 있었다.

"적당히 하다간 오히려 내가 당했을 걸세. 정말…… 정말이지 자네는 강하구먼. 실로 종이 한 장 차이였네."

"종이 한 장……크큭."

쿨럭!

왈칵, 하고.

선홍빛 피가 르아르거의 입에서 뿜어져 나왔다.

"명예로운…… 죽음이로군."

"그렇게 생각해 주니, 진심으로 감사하게 되는군. 고금을 통틀어 자네와 같은 무인을 난 처음 보았네. 정말…… 정말 강한이여."

둘의 시선이 마주쳤다.

아무리 그래도 자신을 죽인 대상에게 보이는 것이 미소라니, 르아르거는 자기 자신이 미쳤나 싶을 정도다.

"죽으면 어떻게 되나."

"영혼이 되지. 그리고 성불할 걸세. 자네는 한을 풀지 않았는가."

"한이라…… 그렇지."

이 세계에서 맛볼 수 있는 무의 극의는 맛보았다 생각하는 참이다. 검을 맞대본 결과, 그란츠 역시 영혼으로 생활하며 터득한 심득이 없었더라면 르아르거를 상대로 이 정도로 선방하진 못했을 터. 아니, 오히려 결과가 반대가 되었을 수도 있을 것이 분명하다.

검을 맞대본 것만으로, 그 정도는 알 수 있었다.

그는 무의 끝을 보았다. 그리고 꿈에서도 그리던 상대. 전설의 테르무그 그란츠와 자웅도 겨루어 보았다.

그리고 그의 검에 심장이 뚫려, 이제 죽어 가고 있다.

더 이상의 행복이 있을까?

한? 그런 것은 털 끝조차 남아 있을 여지가 없다.

"자네는 성불할 걸세. 성불 이후엔 윤회를 한다고 알고 있네. 자네는 다시금 태어나겠지. 인간이건, 오크건 말이야. 아마 자네가 죽인 생명의 수와 살린 생명의 수를 합쳐봤을 때, 인간이나 다른 상위 종족으로 다시 태어나지 않을까 싶네, 하지만."

그란츠가 르아르거에게 손을 내밀었다.

일어나라는 듯이.

같이 가자는 듯이 말이다.

"인류의 명운이 달린 문제일세. 뒷일은 생각지 말고, 우선 이 청년에게 자네의 영혼을 맡겨보는 것은 어떻겠는가?"

그 말에, 르아르거가 피식 웃었다.

"나더러, 갇히라는 말인가?"

"사실 패배한 이는 승리한 이의 부탁을 들어줘야 한다고 생각하네."

"목숨도…… 영혼도…… 모두 다 말인가."

"말이 그렇다는 것이지. 싫으면 어쩔 수 없네만. 어떤가? 거절하고 싶은가?"

심드렁하게 묻는 말에, 르아르거는 피식 웃었다.

"오히려 바라던 바지."

르아르거는 그란츠가 건넨 손을 붙잡았다. 곧이어 미증유의 기운이 르아르거의 몸에서 빠져나오더니 그란츠, 정확히는 그란츠에게 몸을 맡기고 있는 경식의 가슴 쪽으로 스며들어 갔다.

"흐으으음."

왕년 노인. 그란츠는 씩 웃으며 좌중을 둘러보았다. 모두가 놀란 얼굴. 그 중, 아란츠에게 다가가 자애로운 미소와 함께, 이마에 손을 얹고 무언가 중얼거린다.

스르르륵.

무언가가 아란츠의 머릿속으로 스며들어간다.

"조상님……."

"헐헐……."

그란츠는, 자신이 이룩한 가문의 마지막 후손을 바라보며 툴툴 웃음을 흘렸다.

"이 일이 모두 끝난 후. 도움이 될 것이다. 그리고 그러기 위해선, 이 일이 어떻게든 좋은 쪽으로 끝나야겠지."

그러면서, 아무것도 없는 허공을 뚫어져라 노려보았다.

"모두들 문 너머로 들어가게. 이게 나의 마지막 할 일이 되겠구먼."

그의 검이 다시금 존재감을 잃었다.

그러고는, 아무것도 없는 앞쪽을 향해 검을 휘둘렀다.

"……!"

다시금 빛이 일고, 진동이 일고, 거대한 소리가 퍼져 나가며 주변이 초토화 되었다.

그란츠의 검에 튕겨 나간 무언가가 이를 악물며 씨근덕거렸다.

"오랜만이구운? 그란츠."

"……."

드래곤 로드 갈라르바브.

그가 씩 웃으며 자리를 털고 일어나려는 것이 보였다.

그란츠는 황급히 뒤로 물러났다. 그리고 재빠르게 D—CODE로 달려가 그것을 만지려 하였다.

그것을 본 갈라르바브의 눈동자가 경악으로 물들었다.

하지만.

콰쾅!

"끄윽……!"

그란츠는 그곳으로 다가갈 수 없었다. 보이지 않는 장막이 그의 몸을 막은 것이다.

경식의 주도 하에 다가가지 않아서일까? 아니다. 그런 문제가 아니었다.

'모르긴 몰라도, 경식이 이곳에 접근할 수 있는 자격을 갖추지 못했기 때문일 터.'

아쉽게 되었다.

"크하하하하하하하하핫!"

갈라르바브 역시 상황을 이해하곤 미친 듯이 웃었다. 그 웃음에 묻어 있는 경박함. 스산함. 그것은 차라리 귀곡성에 가까웠다.

'마성에 완전히 찌들었군.'

그렇다면, 오히려 승산이 있을지도.

그란츠는 그런 생각을 하며 제이크 일행이 있는 곳으로 재빨리 자리를 이동했다.

자신이 이 몸에 머물 수 있는 시간이 얼마 남지 않았기 때문이었다.

"경식을 부탁하네."

"예!"

그는 제이크에게 몸을 맡긴 채 눈을 감았다.

곧이어 풍선처럼 부풀었던 몸이 다시금 줄어들기 시작했다.

Chapter 8
구미호의 진명

　경식이 기절을 하고, 갈라르바브는 씩 웃으며 아주 잠깐 고민을 했다.

　우선 그의 목표는 D—CODE이다. 그리고 바로 눈앞에 있다.

　하지만 마계의 문을 열지 않으면, D—CODE를 사용한다 하여도 동족들의 영혼, 그리고 자신의 영혼을 현세로 끌어올 수가 없었다.

　그러니, 마계의 문부터 열기로 했다.

　일전, 구각랑의 불이 3개밖에 돌아오지 않은 상태에서도 열 수 있었던 마계의 문이니, 뿔 5개분의 힘을 갖추고 있는 지금이라면, 그리고 다른 이의 것도 아닌 본인의 드래곤 하트를 사용한다면 온전한 마계의 문을 이곳에 현신시킬 수가 있는 것이다.

'게다가 난 암흑투기까지 받아들인 상태다.'

그나마 정순했던 기운까지 모조리 암흑투기로 변하였다. 이제 그는 드래곤 로드가 아니라 마왕이라고 불려도 할 말이 없는 신체가 되었다.

분노가 조절이 안 되고 이성보단 야성이 앞서지만, 덕분에 마계의 문을 완전히 열 수 있게 되었다.

아름다운 소녀의 입가가 악귀처럼 뒤틀렸다.

쩌저저저적!

이마에 다섯 개의 뿔이 거대한 고드름처럼 솟아올랐다.

그리고 그 뿔들이 소용돌이치더니 회전하며 엉겼다. 원뿔 형태의 거대한 뿔 하나가 완성되었다. 아주 순식간에 일어난 일이다.

"마계 문. 개방!"

츠으으읏.

연기가 피어오르듯 암흑투기가 그의 등 뒤로 줄기차게 뿜어져 나오더니 하나의 구 형태를 이루었다. 그 구의 형태는 계속 유입되는 연기에 의해 거대해졌고 그것이 다시금 압축되기를 반복한다.

차원의 문을 여는 것은 별것 없다. 그 차원에 속해 있는 주된 에너지를 한계까지 농축하고 농축한 후, 9서클의 마법 주문을 불어넣으면 그것이 바로 마계의 문인 것이다.

그러니 기운이 적당히 농축이 되면, 그때 9서클 마법인 공간의 균열을 사용하면 된다.

하아아아.

한 차례 기운을 끌어올린 갈라르바브가 주변을 둘러봤다.

그곳엔 지금껏 자신들이 세상의 구세주인 양 요란을 떨어대던 쓰레기들이 널브러져 있었다.

"농축이 끝날 때까지, 방해꾼을 잡아 볼까."

말을 꺼낸 건 갈라르바브였지만 먼저 움직인 건 쓰레기들 쪽이었다.

그나마 가장 우월했던 쓰레기.

제이크의 날렵해진 소울이터가 그의 목을 베어 들어왔다.

탁!!

갈라르바브는 제이크의 검을 꼬집듯 쥐었다.

제이크의 눈이 크게 부릅떠졌다.

"안 돼 안 돼. 이래가지곤 상대가 안 돼. 일전의 그 크고 우람한 덩치와 지랄 맞도록 퉁퉁한 검은 어디로 간 거지?"

씨익—

"이참에, 그의 복수라도 해야 하는가."

갈라르바브의 오른손에서 암흑투기가 빠르게 뭉치더니 한 자루의 검이 되었다. 그리고 그 검은 보이지도 않는 속도로 움직여 제이크의 전신을 썰어 왔다.

"……!"

제이크 역시 쾌검에는 일가견이 있는 몸이고, 사용하기 적합한 신체가 된 상태. 그의 검 역시 음속으로 움직이며 갈라르바브의 검을 쳐냈다.

쳐내면 쳐낼수록 느껴지는 것은, 테카르탄의 검과 비슷하다는. 아니, 판박이처럼 똑같다는 것.

"네놈. 혹시 테카르탄을……!"

"그럼, 그 훌륭한 영혼을 놔둘 성싶었는가?"

공방이 오가는 와중에 나눈 둘의 대화. 제이크는 갈라르바브의 말을 듣고 눈이 뒤집혔다. 급기야 온몸이 빛에 뒤덮이며 투명하게나마 갈색의 줄무늬를 가진 호랑이와도 같은 소울 아머가 뿜어져 나왔다.

그리고 이어지는 단 한 방!

"호오."

서걱!

"……!"

제이크는 떨어져 나간 자신의 왼팔을 바라보며 뒤로 물러났다. 일생동안 떨어진 적이 없던 그의 왼팔은 절단되어 나동

그라졌다.

이윽고 창처럼 날카로운 일격이 그에게로 쇄도해 온다.

쾅!

소울이터로 그것을 막자 뒤로 날아가 그의 몸이 못처럼 쑤셔 박혔다.

평생을 함께하던 소울이터에 쩌적 금이 가며 산산이 부서졌다.

그는 이미 정신을 잃었다.

"이토록 별 볼 일 없는 적에게 한참 동안 발이 묶여 있었다니."

고개를 설레설레 저으며, 이번엔 쓰러진 경식에게로 걸어갔다. 당연하지만 소드마스터 두 마리가 그의 앞을 막고 검을 휘둘러 왔다.

막을 필요도 없었다.

오러 따위.

까강!

푸아악!

둘 역시 한 칼씩 맞고 뒤로 나가떨어졌다. 가슴을 뚫어버릴까 하다가 그만두었다. 피가 튀기면 기분이 나쁘기 때문이었다.

피가 튀기면 왠지 모르게 입맛이 돌았지만, 그러기엔 오늘

본 피가 너무 많다. 맛으로 따지면, 너무 달아서 구역질이 나온다고 해야 하나.

"이런 생각을 하고 있다니. 암흑투기에 단단히 동화되었나 보군."

그는 피식 웃으며, 경식에게로 다가갔다.

그리고 들고 있던 암흑투기의 검 끝을 경식의 가슴 깨로 가져갔다.

그리고…….

푸우우욱—!

배 아래쪽이 시원하게 뚫렸다.

물론 경식이 아닌 갈라르바브가 말이다.

"……?"

갈라르바브는 믿기지 않는다는 듯 두 눈을 크게 떴다. 그 앞에는 그의 배에 손을 집어넣고 있는 경식이 이를 드러내며 씩 웃고 있었다.

생명반응이 없었다고?

그것은,

"속임수라고 하는 거다, 새끼야아아아!"

경식은 벌떡 일어난 뒤 앞으로 치달렸다.

*   *   *

경식이 정신을 차린 건 제이크가 뒤로 나자빠질 때였다. 경식은 그란츠가 부풀려놓은 몸이 정상으로 돌아오고, 그의 기억이 자신에게 유입되면서 한꺼번에 많은 정보를 받을 수 있었다.

그란츠. 왕년 노인. 정말 그렇게 허풍만 떨어대던 왕년 노인이 무려 테르무그 그란츠였다는 것에서 한 번 놀라고, 그가 자신의 몸을 이용하여 보여 준 신위에 두 번 놀랐다.

경식의 기운은 단 한 톨도 사용되지 않았다.

그저 그가 천 년을 품고 간직해 왔던 기운만이 사용되었다. 때문에 경식은 그란츠의 의도대로, 소울 에너지를 다시금 최고치로 끌어올릴 수 있었다.

정신을 차린 순간, 그때부터 생체 리듬이 정상으로 돌아오며 신체가 제 기능을 하기 시작했다. 오히려 이것은 경식에겐 호재였다. 반쯤 죽은 것으로 갈라르바브가 착각을 했기 때문이다.

'어차피 지금 나는 D—CODE에 접근할 수 없어.'

그란츠가 자신의 몸을 빌렸을 때의 기억이 돌아오며 충분히 인지하고 있었다. 지금 그는 소울베슬 2단계 끝자락. 아직 3단계에 도달하지 못하여 인간의 범주였다.

아무리 드래곤 마나를 담는 드래곤 하트와 영혼을 담는

드래곤 하트. 심지어 드래곤의 영혼까지 몸으로 흡수했다지만, D—CODE가 인식하기엔 그저 '드래곤을 닮은 인간'으로 인식하는 것뿐이다.

소울베슬 3단계.

인간을 벗어나는 탈인의 경지에 가기 전까진 D—CODE가 접근을 거부할 것이다.

그럼 지금 할 일은 정해져 있었다.

갈라르바브를 우선 죽이고 보는 것.

영혼들이 그의 속에서 꽉 들어차 있는 지금이라면 가능할지도 모른다고 여겼다.

그리고 방심을 할 때, 그의 배를 뚫고 쭈우욱 나아갔다.

어느새 그의 온몸엔, 투마의 것과 같은 붉은 소울아머가 도사리고 있었다.

"……훗!"

하지만 갈라르바브는 검을 들어 눈에 보이지도 않을 빠르기로 휘둘러 왔다. 그 하나하나가 오러는 비교도 안 될 정도로 강력한 기운을 품고 있었다.

살은 뚫렸지만, 먹히지 않은 것 같았다. 하긴, 목을 자르든가 심장부를 뚫는 것이 답인 듯했다.

'그런데, 저거 에리카 몸이잖아?'

하지만 이러한 생각을 갖고 행동하면 한도 끝도 없을 것 같았다.

일단 쏟아져 오는 검세에 몸을 낮추고 뒤로 재빠르게 물러났다. 투마의 신력은 공격이 아니라 회피 때도 유효해서, 단숨에 거리를 벌리는 것이 가능했다.

그리고 바로 트랜스폼.

그의 몸이 빛처럼 빛나고, 주변이 먹물처럼 물든다.

르아르거.

[난 딱히 진명 같은 거 없다네. 그냥 사용하게나.]

경식이 씩 웃으며 갑작스레 몸 안으로 유입해 들어온 식구를 반갑게 맞았다.

'옙!'

경식은 마검을 들었다.

마검은 이제는 신검이라고 불러야 될 정도로 모습이 확 바뀌어 있었다.

길이도 더 길어졌다.

'증폭도 더 되고 있어.'

어쩌면 여기에, 더 많은 영혼을 담을 수도 있을 것 같았다.

그리고 그 생각은 바로 행동으로 이어졌다.

츠으으읏.

르아르거의 힘을 갖고, 검에는 회색 바람과 붉은 어금니. 그리고 그 안에 바람의 속성을 가진 자신의 소울 에너지를 곁

들였다.

검이 무지개처럼 색깔을 바꾸며 갈라르바브에게 쇄도했다. 물론, 갈라르바브는 코웃음을 치며 눈을 부릅뜬다.

그의 검 역시 주변이 황금의 기운이 서렸다.

1000년간 암흑투기에 잘 숙성 된 드래곤의 마나가 오러의 형식으로 정련되어 경식의 것과 부딪친다.

빛 무리가 일었다. 수많은 공방. 하지만 찰나에 불과했던 시간이 지나고 둘 다 주욱 미끄러졌다.

쿨럭!

경식이 입에서 피를 토하며 쓱 닦았다.

"역시 처음 사용하는 거라 어렵네요."

르아르거의 힘을 제대로 사용할 줄 알았더라면 이럴 일은 없었을 텐데. 아무래도 몸에 익으려면 몇 달은 필요하고, 경식에겐 지금 하루라는 시간도 주어지지 않는 상태였다. 어쩔 수 없이 밀릴 수밖에 없는 것이다.

―그냥 구 선생과 빨리 링크 되는 것이 어떤가? 그러지 않으면 이거, 승산이 없네.

옆에서 왕년 노인이 깐죽거렸다.

"아니 그럼 애초에 그냥 끝내고 몸을 건네주시지 그러셨어요."

―내가 그냥 나왔겠는가? 내 힘이 다 바닥났고, 내 힘을

자네 소울 에너지로 몇 번 더 썼다간 자네는 죽었을 걸세. 왕년의 실력을 그대로 발휘하려면 엄청난 화력이 필요한데, 솔직히 자네 몸이 좋긴 했지만 내 몸을 완전히 사용할 정도는 아니었다네.

'끄응……'

전혀 도움이 안 되는 말. 중요한 건 이제 허풍이라고 놀리지도 못한다는 거고, 놀릴 상황도 아니라는 거다. 게다가 왕년 노인. 테르무그 그란츠의 말이 백 번 옳았다.

장기전으로 가면 아무짝에도 쓸모가 없었다.

[준비는 되었어, 이미.]

구미호 역시 준비가 된 모양.

경식 역시 고개를 끄덕였다.

주르르륵, 하고 뒤로 물러난 그의 등 뒤로 뛰어들 듯 스며들었다.

화아악!

*   *   *

흐우우우우우!

여우의 울음소리가 구슬프게 울리는 듯했다.

전신에 다홍 빛 털 모양의 소울 아머를 두른 경식이 눈앞의 갈라르바브를 노려봤다.

갈라르바브는 경식이 준비를 끝마칠 때까지 기다려 주었다. 아니, 기다렸다기보다는 그 와중에 자신 역시 할 일을 했다.

마계의 문을 여는 것. 9서클 이상의 게이트 주문을 모두 읊는 것.

그리고 그 작업이 거의 끝나가고 있었다. 시간만 지나면 게이트는 열릴 것이다.

둘의 작업이 동시에 끝이 났다.

갈라르바브가 경식을 바라보며 피식 웃었다.

"꼬리가 일곱 개로군."

칠미호.

회색 바람, 붉은 어금니, 투마, 푸른 허무, 도브로, 제르커스, 그리고 르아르거.

경식이 지금 몸속에 보유하고 있는. 구미호를 제외한 영혼들의 숫자기도 했다. 물론 제르커스와 도브로는 이미 경식의 영혼에 흡수가 되었지만, 그렇다고 해서 영혼의 질량이 줄어드는 것은 아니었다. 둘의 능력이 귀속되었을 뿐, 꼬리의 개수는 여전히 7개였다.

"후우!"

이렇게 많은 꼬리를 엉덩이에 붙이고 싸우는 건 또 처음이었다. 물론 구미호와 직접적인 링크를 한 것도 오랜만이지만 말이다.

'잘 사용할 수 있으려나.'

이럴 줄 알았으면 구미호와 많이 링크를 해볼 걸 그랬다. 능력의 가짓수는 많아졌는데 사용을 잘 할 수 있을지 자신이 없었다.

반면 갈라르바브는 여유로웠다.

쩌적. 쩌저저적.

그의 이마에 난 뿔의 개수는 모두 다섯 개. 그 다섯 개가 하나의 형태로 원뿔처럼 뭉쳐 있는 상태다.

개수로 따지면 경식이 두 개나 많았다. 압도적이었다.

하지만 운용 방식이나, 출력 면에서는 어떨까? 경식은 꼬리의 개성이 강한 것이 장점이지만, 반대로 직관적인 운용능력이 떨어지고, 갈라르바브는 꼬리의 개성은 약하지만 출력이 강력하다. 더군다나 구각랑을 많이 사용해 봐서 경식과 다르게 능숙했다.

서로의 장단점을 대어 보면, 비등비등 할 것이다.

'여전히, 장기전은 어려워.'

장기전은 어려웠다. 힘이 넘쳐 나는 상대이니 만큼 그나마 힘이 남아 있을 때 해결을 해야 했다.

하지만 그런 생각을 할 즈음 갈라르바브가 먼저 움직였다.

갑자기 그의 뿔에서 한기가 맺히더니 쭈욱 뿜어져 나왔다.

"……!"

경식은 허공에 손을 뻗어 불의 장막을 만들었다. 하지만 그것은 벽창호 뚫듯 장막을 뚫고 경식에게로 가까워졌고 당황한 경식은 손으로 그것을 후려쳤다.

쾅!

한기가 한풀 꺾이며 벽에 부딪혔다. 그의 손에는 살얼음이 끼었고 소울아머가 그것과 뭉치며 한기를 몰아냈다.

그 시간은 찰나에 불과했지만 찰나의 시간을 쪼개고 갈라르바브는 캐스팅을 끝마쳤다.

서클 마법이라는 것이 거창한 것 같지만, D—CODE가 있는 이곳에서 요란한 대인마법은 사용할 수가 없다. 그러니 8서클 규모의 마법을 사용할 순 없다. 갈라르바브가 원치 않았다.

하지만 8서클의 규모를 사용하지 못할 뿐, 8서클의 출력은 얼마든지 사용이 가능했다.

8서클의 힘을 한 점에 모은다는 의미만 본다면 더욱 강력한 마법이 되는 것이다.

차차창!

마법은 물론 지금 갈라르바브의 몸과 상성이 좋은 빙결 계열 마법이었다.

12자루가 경식에게로 빠르게 쇄도했다. 경식은 그것을 빠르게 피했지만, 아차 하는 순간 날카로운 공격이 피부를 스치고 말았다. 그때, 실선이 그어지며 상처가 얼었다. 소울아머를 가볍게 뚫어버린 것이다.

'당황하고 있을 때가 아니다.'

꼬리 하나가 파르르 떨더니 다홍빛 소울아머의 형태가 바뀌었다. 마치 불로 만들어진 나무껍질처럼 투박하게 변하였다.

12자루의 얼음 창이 그의 몸에 부딪쳤다. 하지만 이번엔 달랐다. 얼음이 깨져서 주춤했다. 더 이상 그에게 이런 것으로 데미지를 주지 못할 터였다.

'한 방에 끝낸다.'

지금은 확실히 우세하다. 물론, 1분 후에도 이럴 거라는 보장이 없었다. 지금 이 순간에도 초 단위로 그의 힘이 약화되고 있었으니까 말이다.

큰 출력엔 큰 손실이 발생하는 법.

그러니,

최대한 빨리 끝내야 했다.

츠으으읏!

순간 일곱 개의 꼬리가 한 뼘 크기 이하로 작아졌다.

대신에 그의 오른손 끝에는 주먹 만 한 구슬이 생겨났다.

그리고 그것이 스프링에 튕기듯 갈라르바브에게로 날아갔다.

갈라르바브는 당황했지만, 피하지 않았다. 이미 그는 8서클 방어마법인 앱솔르트 쉴드와 옵티머스 쉴드 등 모든 방어막을 사용하여 겹겹이 자신의 몸을 방어하고 있었기 때문이다.

하지만 그것들은 구슬과 닿기도 전에 녹아버렸다. 실로 엄청난. 초고온이었다.

'갑작스럽군.'

사실 이러한 타이밍에 이런 식으로, 자신의 모든 것을 건 한 방을 뿜어낼 줄은 몰랐다.

게다가, 평범하다. 그저 초고온의 온도를 담은 기운의 결정일 뿐이다.

닿으면 문제가 생기겠지만, 닿지 않으면 그뿐이다. 빠르게 다가왔지만 그렇다고 해서 눈이 못 쫓을 정도는 아니었다.

그는 날아오는 주먹을 능숙하게 피하는 싸움꾼처럼 옆으로 고개를 젖히는 대신, 옆으로 확 몸을 피했다. 그것만으로 끝. 아주 강력한 공격이었지만 맞지 않으면 아무것도 아닌 단순한 공격이다. 이제 반격을 준비할 때.

하지만 그렇게 생각한 순간 그 주먹만 한 구슬이 직경 3미터가 넘는 거대한 구슬로 커지며 땅 밑까지 녹여버렸다.

물론 그 경로엔 갈라르바브가 있었고 말이다.

"……!"

갈라르바브는 뿔의 출력을 최대화하여 냉기를 생산했다. 그 냉기가 손에 맺힌 후 다가오는 구슬로 향했다. 하지만 준비 없이 뽑아낸 냉기라서 다가오는 구슬을 아주 잠깐 밀어내는 것이 고작일 터였다.

우선 그 반동으로 뒤로 물러나는 것이 그의 계획.

하지만 냉기가 거대한 구슬에 닿기도 전에, 구슬은 다시금 주먹 크기로 줄어들었다.

그리고 거대했던 구슬에 몸을 숨겼던 경식이 급작스레 튀어나와 그 구술을 다시금 쥐었다.

"무슨!"

"너는, 경험치가 너무 없어!"

갈라르바브는 이런 것에 익숙하지 않았다. 하긴, 사람과 사람 간의 싸움을 얼마나 해 봤을까? 오히려 이런 경험은 테카르탄이나 제이크. 하다못해 알스 만큼의 경험치도 없을 것이다.

물론 경식 역시 경험치가 소름 끼치도록 많은 것은 아니지만, 갈라르바브에 비하면 인간과 신급이다.

자신보다 강한 상대를 상대해본 적이 없는 절대자는 1만

년을 살았어도 전투 센스가 형편없는 것.

경식은 그것을 노렸고, 나름 성공했다.

고리 7개 분의 힘이 실린 초고열의 구슬.

그 구슬은 가차 없이 갈라르바브의 가슴 정 중앙에 위치
한. 그가 메고 있던 목걸이를 강타했다.

사령의 보옥.

쩌억!

영혼을 담고 있는 그것에 금이 가기 시작했다.

*　　*　　*

결론부터 말하자면 경식의 선택은 옳은 선택이 아니었다.

사령의 보옥을 깨는 것은 의미가 없었다. 그를 죽일 수 없
었다.

그의 심장은 2개.

에리카의 심장과, 사령의 보옥이 담고 있는 제 2의 심장.

갈라르바브의 영혼이 머물 수 있는 심장이 두 개나 있기
때문에, 그는 사령의 보옥이 금이 갔다고 해서 죽지 않았다.
아예 터졌어도 힘을 잃을지언정 죽지는 않았을 것이다.

만약 경식이 심장을 노렸더라면, 몸이 죽는 것이니 만큼
움직임이라도 봉할 수 있었을 텐데 에리카의 몸이다 보니 그

럴 수가 없었던 것이다.

경식은 공격을 실패했다. 정확히 말하자면 공격이 유효하지 못했다.

그리고 그 결과,

온몸에 힘이 빠진 경식의 가슴에 갈라르바브의 손이 박혔다.

"크억!"

"주인님!"

제이크가 일어나려고 안간힘을 썼지만, 그의 상처 역시 중하여 일어나지도 못했다.

경식은 피를 뿜으며 파리한 얼굴로 자신의 가슴을 뚫은 갈라르바브를 노려봤다.

갈라르바브는 싱긋 웃기만 했다.

이미 경식의 생체반응은 죽어 가고 있었다. 그는 심장이 하나기 때문에, 기필코 지금 죽는다. 더군다나 심장을 쥐고 있었다. 이걸 쥐어 터뜨릴 것이고, 그렇게 되면 완전히 죽겠지.

"심장을 뚫었더라면 내가 많이 곤란하긴 했을 텐데. 아쉽게 되었어. 전투 경험이 없는 것은 네놈 쪽이 아닌가. 이렇게 모질지 못해서야."

바로 이렇게 말이다.

뻐억!

풍선 터지는 소리와 비슷했다.

심장이라는 펌프가 부서지자, 경식의 온몸에선 피가 뿜어져 나왔다.

그걸 보며 갈라르바브는 웃었다.

"지긋지긋했다. 정말 지긋지긋했어."

경식이 죽었으니 이제 산 송장과도 같은 제이크를 죽이면, 그를 방해할 이는 그 아무도 없을 것이다.

그런 생각을 하며 웃고 있을 때, 당연히 죽었어야 할 경식이 눈을 부릅떴다.

그의 몸이 불현듯 붉은 소울 아머로 무장되었다.

그리고 씩 웃는다.

"넌 역시 물러."

경식이 심장을 노렸더라면 위험은 했을 것이다. 하지만 피하거나 막아서 최대한의 치명상은 피했을 게 분명했다. 갈라르바브는 충분히 그럴 반사 신경도, 능력도 있었으니까.

그러면 안 된다. 이미 모든 힘을 소진한 경식에겐 죽음밖에 기다리는 게 없을 테니까.

그러니, 먼저 죽어준 것이다.

그리고 아주 잠시 살아났다.

투마의 권능은, 심장이 터져도 몸을 움직이게 하는 야성이었기 때문이다.

푸하악!

경식의 손이 그의 심장을 뚫어버렸다.

"나만…… 죽을 수…… 없지."

경식이 씩 웃으며 한 말.

그 말을 끝으로, 둘은 그렇게 무너졌다.

털썩.

*　　　*　　　*

갈라르바브와 경식. 둘은 너나 할 것 없이 힘을 잃고 쓰러졌다.

쓰러지기 전에, 경식은 이미 마음을 다진 상태였다.

'에리카. 미안하지만 너도 죽고 나도 죽어야 할 것 같다.'

솔직히 말해서 말 그대로 만리타향. 아니, 천만리 타향이라고 해도 부족할 정도로, 지구와는 먼 이곳에서. 이곳 사람들을 위해 자신의 목숨을 바치리라고는 생각지도 못했다.

하지만 이것 말고는 방법이 없었고, 그대로 이행했다. 단지 그것뿐이다. 하지만 이것으로 인해 자신이 죽는다는 것이 애석할 뿐.

이런 자신의 희생 덕분에, 많은 이들이 내일을 맞이하겠지.

경식은 그렇게 생각하며 죽어갔다.

하지만 애석하게도 그런 경식의 숭고함을 비웃기라도 하듯, 같이 쓰러진 갈라르바브의 손끝이 꿈틀거렸다.

심장이 터졌다. 사령의 보옥 역시 금이 가서 금방이라도 깨질 것 같다. 그가 영혼을 부지하려면 사령의 보옥으로 영혼을 옮겨야 하고, 그렇게 되면 당장에 육체를 찾지 않는 이상 그가 현세에 관여할 수 있는 여지는 없다.

게다가 사령의 보옥에 금이 간 나머지 영혼 자체의 힘마저 약해져, 일반인이 아니라면 강제로 빙의시키는 것은 힘들었다. 심지어 주변엔 소드마스터 이상 급들밖에 없으니, 그가 할 수 있는 게 아무것도 없어야 정상이었다.

헌데, 손끝이 움직였다.

곧 갈라르바브가 점령한, 에리카의 몸이 몸을 일으켰다. 손을 짚거나, 다리를 땅에 디뎌서 일어난 것이 아니었다.

마치 사지를 연결해 놓은 보이지 않는 실을 누군가가 강제로 끌어올려 세운 느낌이었다.

누군가가 끌어올려 세운 것이 맞다.

그 누군가는, 이미 열린 채 장기간 방치되어 있는 마계의 문이었다.

그곳에서 무언가가 튀어나왔다.

황금빛이 맴도는. 그런 것치고는 근본적으로 음침해 보이는 주먹 만 한 구슬 하나였다.

드래곤 하트.

마계에 있다가, 주인의 부름을 받고 온, 드래곤 하트.

그것이 금이 간 사령의 보옥에서 새어 나오는 영혼의 조각들을 모두 수거해 갔다.

물론, 그것의 메인이 되는 것은 갈라르바브 본인의 영혼이었다.

2천 년 전 본인의 영혼을 담던 그릇을 지금에서야 만났다. 그리고 그의 영혼은 2천 년 만에 제자리를 찾았다.

물고기가 물을 만난 격. 아니, 원래부터 호랑이였던 것이 거대하고 웅장한 날개를 단 격이다.

게다가 천 년 넘게 암흑투기에 노출되어 온 드래곤 하트는, 암흑투기로 더럽혀진 그의 몸을 손실 없이 받아들였다.

이쯤 되면 에리카의 심장이 터지건 말건 신경 쓸 일이 아니었다. 에리카를 강제로 일으키고, 몸에 암흑투기를 주입한다. 인간의 것이 분명한 심장과 장기가 강화되며 마족의 것과 비슷하게 변했다. 몸이 빠른 속도로 재구성되며 원래의 그릇을 찾은 갈라르바브의 몸에 최적화되었다.

그 모든 것이 불과 1분도 채 안 되는 시간 안에 일어났다.

그것을 바라보는 제이크건 누구건, 미처 손을 뻗을 수 있는 시간도, 여력도 없는 상황이었다. 그저 그들은 다시금 절망을 바라보는 것밖에 할 수 있는 것이 없었다.

"하아아아······."

그 절망이 눈을 떴다.

"상쾌하군. 천 년간의 연옥이 드디어 끝나는 듯하구나."

그는 웃었다.

동시에 양손을 뻗었다.

그러자 제이크의 몸이 허공에 둥실 떠오르더니 그의 목이 갈라르바브의 손에 잡혔다.

"크으······!"

"그래, 그런 표정. 다 끝났다는 그 표정 .그 표정이 정직한 표정이겠지, 모두에게. 너희는 다 끝났으니까. 다."

싱긋 웃은 후,

빠각!

제이크의 목이 그대로 부러졌다. 소의 눈망울 같던 그 눈동자에서 빛이 꺼졌다. 모두가 비명을 지르며 그의 죽음을 부정했지만 그의 눈동자는 이미 꺼진 상태였다.

몸이 실 끊어진 연처럼 허물어진다.

정작 그렇게 한 이는 아무런 감흥이 없었지만 말이다.

"흐음."

그는 더러운 것을 발로 걷어차듯 그를 차버렸다. 그의 몸은 다시금 그가 쓰러져 있든 곳으로 돌아갔다.

"이제, 디코드를 얻을 때인가."

이제 대망의 순간이 왔다. 벌써부터 원래의 자리를 찾은 듯한 기분이 들었다. 기분이 좋았다. 웃음이 절로 지어졌다. 하지만 그의 그런 웃음은 오래지 않아 종잇장처럼 구겨져야 했다.

디코드가 그의 손끝을 거부했다.

치직. 치지지지직.

갈라르바브는 자신의 손을 거부하는 미증유의 벽을 느끼며 얼굴을 굳혔다. 그의 손끝엔 강력한 스파크가 튀기고 있었다. 아무리 지금의 갈라르바브라도 무시할 수 없는 거대한 힘. 디코드 자체의 힘이 그를 막고 있다는 것이 실감되었다.

왜지? 자신은 드래곤인데. 게다가 가장 중요한 드래곤 하트까지 얻었는데?

"마족화……되었다는 건가."

에리카의 몸 따위는 마족화가 되어봤자 아무런 관계가 없다. 그 속에 있는 것이 드래곤의 영혼인 이상 디코드는 자신을 거부하지 못할 터였다.

헌데, 거부당했다.

그것은 자신이 드래곤이라기엔 이질적인 존재로 변하였기 때문일 것이다.

즉, 암흑투기에 취해 드래곤이었던 고고한 자신을 잃어버렸다는 이야기가 된다.

까드득!

화가 난다. 화를 참을 수가 없었다. 이런 일은 예상조차 못했다. 겨우 한 발이면 자신의 모든 것을 되찾을 수 있거늘, 이곳으로 오려고 어쩔 수 없이 받아들인 암흑투기의 영향 때문에 디코드에 접근을 못 하고 있다니……

하지만, 그는 좋게 생각하기로 했다. 부들부들 떨던 그의 손 역시 다시금 정상으로 돌아왔다.

"희석시키면 될 일이다."

몇 년이 걸릴지 모른다. 하지만 희석시키면 된다. 그가 원한 것은 자신의 레어에 다시금 들어오는 것과, 이곳에서 마계의 문을 열어야만 찾을 수 있는 것. 자신의 영혼이 빼앗긴 그곳에서만 찾을 수 있는 영혼을 담는 드래곤 하트였으니까.

디코드를 열어야 자신처럼 영문도 모르고 천 년 동안 갇혀 있던 드래곤들의 드래곤 하트들을 끄집어낼 수 있는데, 그것을 아직 못 하는 게 아쉬웠다.

하지만 드래곤은 영원을 사는 생물.

일 년이건, 십 년이건, 백 년이건 그것은 별로 중요하지 않았다. 언젠간 자신의 영혼을 다시금 희석시키며 디코드에게 인정받으면 그뿐이었다.

마음을 굳혔다.

"나 혼자서도 인간은 씨를 말릴 수 있으니."

단지 시간이 오래 걸릴 뿐이다.

물론 마음을 굳히는 사이, 또 다른 기적은 일어났다.

*   *   *

경식은 죽어 가고 있었다. 말 그대로 심장이 터져서, 영혼이 몸 바깥으로 나오려 하고 있었다.

힘들었다. 지쳤다. 죽는 와중이다. 그리고 그것은 드래곤 로드인 갈라르바브 역시 마찬가지일 것이 분명했다.

분명해야 했다.

하지만, 죽어 가는 그의 귓가에 들린 목소리는 그것이 아니라고 말을 하고 있었다.

구미호의 목소리.

[경식아. 죽으면 안 돼.]

그 말에는 많은 감정들이 담겨 있었다. 그 감정은 서운함과 슬픔. 하지만 그것 말고 다른 감정이 있었다.

다급함. 조급함. 이러면 안 된다고 말하는 듯한 날카로운 송곳 같은 감정!

그것은 경식이 죽어서, 그것이 슬퍼서. 그리고 혼자 남은 구미호가 어떻게 해야 할지 몰라서 하는 목소리는 아니었다.

[다시 살아났어. 다시 살아났다고…….]

'아아⋯⋯.'

허탈했다. 어이가 없었다.

하지만 그것 말고는 할 수 있는 게 없었다.

죽고 싶지 않지만 죽어 가고 있었고, 그것은 되돌릴 수 없는 종류의 것.

그렇기 때문에 아무것도 할 수 없었다.

'그저 억울할 뿐⋯⋯.'

물론, 붉은 어금니는 이 와중에도 경식을 어떻게든 살려보려고 재생에 재생을 거듭하고 있었다.

하지만 그의 심장은 이미 형체를 알아볼 수 없을 정도로 파열되었다.

붕괴되는 속도는 몹시 빨랐다.

게다가 갈라르바브의 암흑투기로 인해 제대로 된 소울 에너지의 전달이 되질 않았다.

붉은 어금니는 자신의 진명까지 사용하며 경식의 생명을 연장시키고 있는 것이었다.

경식은 그것이 안쓰러웠다.

'어차피 죽는다고⋯⋯ 너 그러다가 ⋯⋯.'

[톨톨톨톨. 이이 죽.은 몸. 나를 알아.준 이의 죽.음을 가만히 보기만 한다면, 이미 그.것은 죽은 것과 진.배 없지.]

'아아⋯⋯.'

감동이다. 솔직히 감동이었다. 태론이 자신을 그렇게 생각해 주고 있는지는 알지 못했었으니까. 하지만 그것뿐. 이대로 그가 죽는 꼴은 보고 싶지 않았다.

'그만 둬…… 네 덕분에 무의식 속에서라도 이렇게 있지만…… 난 죽는 게 맞는 것 같다.'

그 말과, 붉은 어금니의 말에 자극 당한 것인지, 또 다른 기운이 유입되기 시작했다.

그것은 바로 회색 바람의 소울 에너지였다.

[취이익! 너의 죽음. 그것은 약자가 가진 설움! 그것을 뛰어넘어 살아남는! 그것이 우리의 아름다움! 취이익!]

'뭐라는 거야…….'

안트의 소울 에너지 역시 밑 빠진 독에 물을 붓는 것처럼 의미 없이 빠져나가고 있었다.

'괴롭다…… 이러지 마라, 진짜.'

이러다간 둘이 죽는다. 말 그대로, 영혼 역시 자신을 유지시켜 줄 최소한의 소울 에너지가 없으면 죽음을 면치 못하는 것이다.

그때, 굵직한 기운이 또다시 유입되어 들어왔다.

붉은 기운.

투마의 기운이었다.

그녀가 한 말은 단 하나.

[말아라. 죽는다.]

죽지 마라. 라는 말. 하지만 하는 말만 보면 죽으면 죽인다고 말하는 것만 같았다.

피식. 웃은 푸른 허무가 이윽고 한숨을 내쉬었다.

[유사인종도 아니라고 생각했던 이들이 목숨까지 바치는데, 엘프가 되어서 그러지 못한다면, 난 부끄러워서 자살이라도 하고 싶을 것 같군.]

푸른 허무의 소울 에너지마저 경식이라는 밑 빠진 독을 채우려고 유입되었다. 그것을 흐뭇하게 바라보고 있던 르아르거가, 허허롭게 웃으며 말했다.

[죽은 지 얼마 안 돼서 그런지, 영혼 상태에서 죽는 것도 별로 두렵지가 않구면. 헐헐헐헐.]

그 말을 끝으로 웅혼한 기운이 쏟아지듯 들어왔다.

감동. 감동. 또 감동.

그렇다. 경식은 감동을 받았다.

말 그대로, 감정이 동한다는 뜻의 감동.

감정. 그것은 마음에서 나온다고 전해진다. 그리고 그 말이 맞다. 영혼이 뿜어내는 진심이니까. 그리고 그 한 방울이 경식의 넘쳐흐르려는 잔에 떨어졌다.

잔이,

넘쳤다.

*　　　*　　　*

신체가 재구성 되었다. 터졌던 심장이 정상으로 돌아왔다.

경식의 피부는 백옥같이 하얗게 변했으며 주변으론 검은 안개가 아주 잠깐 피어났다가 생명력 넘치는 아지랑이가 샘솟아 오르기 시작했다.

노폐물이 빠지고, 인체가 재구성 되는 과정이 순식간에 일어났다. 눈을 뜨자, 경식의 눈은 흑진주처럼 검고 바다처럼 깊어져 온갖 감정을 죽이고 오롯이 눈앞의 적만을 바라보았다.

갈라르바브는 믿을 수 없다는 듯 눈을 홉떴다.

"죽었을 텐데?"

하지만 살아 있었다.

경식은 말하지 않았다. 그저 한쪽 입꼬리를 씩 말아 올렸다. 곧이어 눈을 감는다. 온몸이 다홍빛의 부드러운 털로 뒤덮였다. 아니, 그것은 소울아머다.

그리고 꼬리 역시 솟아올랐다

꼬리의 숫자는 9개.

휘우우웅—

주변에는 바람이 일기 시작했다. 그리고 그것을 주체할 수 없는 화염이 타고 올라가 주변을 적셨다.

제이크를 위시한 모든 일행들은 그것을 피하지 않고 받아들였다.

'따듯하다.'

주변의 모든 것을 녹이고 할퀴는 기운. 하지만 정작 일행들에겐 더없는 따듯함으로 다가왔다.

하지만 그 이외의 것들은 모두 녹아내리고, 날아가고, 찢겨져 부서졌다. 그것은 갈라르바브 역시 마찬가지였다. 주체할 수 없이 뜨거운 기운이 온몸을 저며 왔다.

하지만 갈라르바브는 그 와중에도 웃었다. 그 역시 모든 준비를 끝마친 상태. 심지어 사령의 보옥 같은 쓰레기 대신에 자신의 원래 영혼을 담은 온전한 그릇을 손에 넣었다.

츠으으읏—

그의 몸에서 뿜어져 나온 기운이 눈앞의 화염을 막았다. 그 기운은 검은 색. 그리고 그 검은 색에는 금가루처럼 반짝이는 기운이 혼재되어 있었다.

갈라르바브는 더 이상 구각랑의 기운을 사용하지 않았다. 그럴 필요가 없었다. 그의 온전한 그릇을 담은 드래곤 하트가 있었다. 그리고 그의 마나를 담는 드래곤 하트가 있다.

몸으로 들어가진 않았지만,

D—CODE. 그가 들어가지 못하는 그곳의 뒤에는 거대한

산맥 같은 몸체가 눈에 보이지 않는 베일에 싸여 있었다.

바로 드래곤 로드 본인의 몸체.

강제로 유체이탈 당하여 1천 년 동안 방치 되어 있던 그의 육체가 저곳에 잠들어 있었다.

가까이 가지를 못하여 그것을 직접 가서 빼내 오진 못하지만, 힘을 끌어와 본연의 강력함을 이 몸체가 허락하는 한도 내에서 뽐어낼 수가 있었다.

그 결과가 지금 이러한 기운이다.

드래곤. 그것도 드래곤 로드 본체가 뿜어내는 기운!

지고 싶어도 질 수가 없는 최강의 기운이라 할 수 있겠다. 그가 열기를 몰아내며 씨익 웃었다.

"다시 태어났음인가? 강하군. 하지만 내가 더 강하다!"

"······."

하지만 경식은 무표정 그대로였다. 그의 말에 아무런 변화도, 감응도 보이지 않았다. 그저 자신이 해야 할 일을 할 뿐이다.

그가 눈을 감자, 꼬리 9개가 요동치며 경식의 몸을 공처럼 감쌌다.

그리고 그 감싼 꼬리가 점점 거대해지기 시작했다. 점차적으로 경식을 감싼 공 모양의 덩치도 커졌다.

그리고 꼬리가 다시 풀려난 순간.

그곳엔 고고한 여우 한 마리가 있었다.

구미호의 현신.

물론 갈라르바브가 그것에 놀라지는 않았다. 오히려 코웃음을 쳤다.

"본인의 형태를 포기하고 짐승으로 화하였는가."

그는 손을 뻗었다. 그러자 손아귀에서 공허한 공간이 열리더니 그곳에서 황금의 광선이 뿜어져 나왔다.

드래곤의 브레스였다.

드래곤 로드가 자신의 몸에 안착해 있을 적밖에 사용할 수 없던, 닿는 모든 것의 근원을 부정하는 빛이 뿜어져 나왔다.

닿는 모든 것의 근원. 그 근원에는 당연하지만 영혼 자체도 포함되어 있었다.

이 세상에서, 유일하게 영혼 자체를 파괴할 수 있는 광선이라 해도 과언이 아니었다. 이것은 보이드 계열. 공허의 마법과도 궤를 달리한다. 닿는 모든 것이 소멸한다.

이 세계의 것이라면, 합당 소멸이 된다.

물론, 경식과 구미호는 이 세계의 것이 아니었다. 그렇다고 이 세계에 한 다리를 걸쳤다는 마계와도 다르다.

전혀 다른 세계. 전혀 다른 체계다.

물론, 그렇다고 해서 영향이 아주 없지는 않다. 아니, '소멸'이라는 옵션을 제외하고도 그 옵션이 나오기까지의 출력은 태산을 녹여버릴 정도로 강력했다.

하지만 그것을 막을 정도가 되었다.

경식과 구미호. 그 둘은 기운을 뿌려 앞을 방어하며 그르렁거렸다.

이제, 끝낼 때가 온 것이다.

구미호 자체로 현신한 경식이 눈을 부릅떴다.

"분신."

스슷─!

그러자, 거대한 그의 몸체가 더더욱 거대한 동공 안을 가득 메웠다.

더 커졌다는 게 아니었다. 존재감이 커진 것도 아니었다.

그저,

"……."

갈라르바브는 주위를 가득 채운 구미호를 멍한 눈으로 바라봤다. 그리고 수를 헤아렸다.

아홉.

무려 아홉 마리의 구미호가 갈라르바브를 노려본 채 그르렁거리고 있었다.

'뭐지?'

혼란스러웠다. 환영 마법은 아니었다. 경식은 마법을 모른다. 그리고 환영마법쯤은 갈라르바브가 얼마든지 간파를 할 수 있다.

하지만 그는 간파할 수 없었다.

아홉 마리의 구미호. 모두가 실체였다.

심지어 꼬리들 역시 아홉 개를 고스란히 가지고 있다.

적이 아홉 배로 불어난 셈.

'그럴 리 없다.'

상식적으로 불가능한 일이 벌어졌으니, 그럴 리가 없다. 그렇게 생각했다.

생각하는 와중, 꼬리 아홉 달린 아홉 마리의 구미호들이 그를 향해 덤벼들기 시작했다.

덩치를 불릴 필요가 있을까? 아니면 인간 형태로 싸울까?

인간 형태 자체가 그의 형태가 아니었다. 그는 현명한 판단을 했다.

마력이 깎이겠지만, 이게 최선이다.

마음먹은 순간, 동시에 그의 몸집이 불어나기 시작했다.

거대한 한 마리의 황금빛 용.

인간의 몸을 입고 폴리모프를 사용하여 본연의 모습으로 돌아온 그가 다가오는 구미호들에게 맞섰다.

그것은 말 그대로 장관이었다.

한 마리씩 한 마리의 목덜미를 물어뜯고, 근육질의 앞발로 다른 한 마리를 쳐냈다. 뒤로한 발자국 물러나서 재빠르게 뒤로 돌아 꼬리로 쳐냈다.

갈라르바브는 놀랐다.

'모두가 실체라니!'

모두가 실체였다. 강타하는 앞발로, 입으로, 꼬리로 느껴진다. 묵직했다. 눈앞의 것은 모두 실체였다. 한 마리 한 마리의 공격력은 위험하지 않다. 하지만 모두가 강력했고, 공격을 허용하면 치명상을 입을 정도로 위험했다.

그리고.

팍! 푸학!

배쪽이 뜯기고 목덜미가 물렸다. 꼬리가 짓이겨지고 뒷다리 허벅지를 깊게 할퀴고 지나갔다.

아홉 마리의 구미호는 확실히 수적으로 앞서고 있었다.

"......!"

갈라르바브는 날개를 쫙 폈다. 홰를 쳐서 동공 천장으로 올라가려 하였다. 하지만 그런 그를 가만히 놔두지 않았다.

아홉 마리의 구미호 중 몇 마리가 그의 허벅지를 물고, 꼬리를 물고 늘어졌다.

아팠다. 고통스러웠다.

그는 입을 벌렸다.

황금의 빛무리가 맺혀서 거대하게 변했다. 주변이 밝아왔다. 그리고 그것이 쏘아져 나와 자신을 물고 있던 구미호들에게 뿜어져 나갔다.

그리고 순간, 구미호들이 물고 있던 부위를 놓고 재빠르게 뒤로 물러났다. 결과, 빗나갔다.

하지만 이미 고지를 점거한 상태. 이제 브레스로 아래에 있는 날지 못하는 것들을 초토화 시키면 될 일.

쩌억—

입이 벌어졌다. 황금의 광구가 3배는 거대해졌다. 힘을 이입하자 분사되는 스펙트럼이 거대해졌다. 곧이어 일자가 아닌 부채꼴의 브레스가 아홉 마리의 구미호 전체에게 폭사되었다.

크릉…….

구미호들은 하나같이 자세를 낮췄다. 그리고 아홉 개나 있던 꼬리가 하나로 합쳐지며 빛을 발했다.

촤아악!

빛무리가 모든 것을 할퀴고 지나가고 초토화된 참상이 보였다.

하지만 동공이 초토화되었을 뿐, 구미호들을 멀쩡했다.

아니, 이제 일미호라고 해야 할 것이다. 다들 꼬리가 하나로 합쳐졌으니까.

그리고 제각기 다른 소울아머를 두르고 있었다.

회색, 노란색, 붉은색, 푸른색, 황금색, 보라색, 하늘색, 그리고 다홍색의 구미호가 두 마리.

그들은 제각기 다른 방식으로 공격을 막았다. 단단한 껍질로 받아 내거나, 상처를 입고 빠르게 회복하거나, 강력한 힘으로 받아치거나. 요령 좋게 피하거나. 소울 에너지의 제각기 다른 운용으로 브레스를 막아내었다.

그리고 그것은 경식이 소유한 영혼들이 가진 힘들이었다.

'힘을 나눈 것이로군.'

처음엔 당황했다. 뭔가 또 다른 예측불허한 수를 쓰는 줄 알았다. 하지만 아니었다. 그저 아홉 개의 꼬리로 아홉 개의 실체를 만들어서 덤벼드는 것이었다.

어떤 매커니즘으로 그런 미친 짓이 가능한지는 알지 못한다. 궁금하지도 않다. 어차피 죽일 거니까. 힘이 분산되었다면 두렵지 않다. 애초에 모두 뭉쳐 있을 때에도 자신의 상대가 안 된다고 생각했던 그였다.

'한 놈씩 제거한다.'

분사 형식으로 쏘면 막는다. 그렇다면 온 힘을 담아, 최고 출력을 담아 쏘아내면 된다. 그는 최고 출력으로 쏘아낼 수 있는 브레스를 20회는 넘게 사용할 수 있었다.

'물론 그 20번을 한 번에 털어놓을 수도 있겠지.'

하지만 그럴 생각은 없었다. 그는 이성적이다. 이성적으로 행동한다. 미물에겐 미물을 죽이는 검이 제격이다. 딱 죽일 수 있을 정도. 그거면 족했다.

그렇게 최고 출력으로 무리 없이 쏘아낸 광선이 구미호 한 마리에게로 향했다. 피할 것을 예상하고 다음 한 발도 입 속에 머금고, 장전하고서 말이다.

하지만 구미호들은 피하지 않았다. 구미호들의 색깔이 전부 하늘색으로 변하더니 허공을 밟고 앞으로 나아가는 것이 아닌가?

하늘을 날고 있었다.

구미호의 발길들엔 바람의 기운이 깃들어 있었다. 입에서는 푸른 기운이 머금어진다. 그러곤 아홉 개의 창 같은 것이 그에게로 폭사되었다. 미처 예상치도 못한 공격에 몇 발이 적중 당했다. 갈라르바브는 비명을 지르며 추락했다. 날개가 상했는지 제대로 날지 못하였다.

그는 첫 번째에 모든 힘을 사용하여 승부를 봤어야 했다.

그러지 않았으니, 모든 힘을 사용하고 있는 구미호. 경식에게 당하고 있는 것이었다.

그것이 패인이었다.

그를 따라 같이 추락하던 아홉 마리의 구미호가 하나로 합쳐지기 시작했다. 형형색색의 꼬리가 아홉 개 달린 완전한 구미호가 이를 갈며 그의 목덜미를 끊어 버릴 기세로 쇄도했다.

하지만 나름. 갈라르바브 역시 이것은 의도한 바였다.

'이것에 모든 것을 담겠다.'

일종의 도박. 지금껏 도박과는 거리가 먼 인생을 살아온 그가 한 최고의 도박이었을 것이다.

그는 절대언령을 사용했다.

그의 최고치의 브레스 20회 분을 한 번에 뿜어내려면, 마법. 그 이상이 필요했다.

바로 절대언령. 파워 워드다.

시간과 공간을 접어 단 한 점에 집약시켜, 그의 모든 것을 한 번에 불사르려면 그런 신기가 필요했다.

기적과도 같은 힘이지만, 그가 태어날 때부터 쓸 수 있었던 근원적인 힘이다. 자존심이 상하여 일생동안 열 번도 사용해 본 적이 없는 그 절대언령을 지금 풀어놓아 최고 출력을 20배로 집약시킨 단 한 번의 브레스가 완성되는 것에는 긴 시간이 걸리진 않았다.

그의 입에서 그의 모든 것을 담은 한 방의 브레스

그리고 그것은 먹혔다.

직격했으니까.

"······크윽!"

경식은 광선에 직격하고 나서 눈을 부릅떴다.

과연 드래곤 로드였다.

'압도적인 힘이 느껴진다.'

일부러 적중당한 공격이고 이 이후 반격을 꾀하려는 의도였지만, 생각보다 훨씬 강력한 힘에 말 그대로 압살될 것만 같았다.

'내가…… 더 강할 줄 알았는데!'

힘이 부족했다.

만약 경식의 힘이 100이라면 지금 갈라르바브가 그를 압살하고 있는 힘은 130정도.

힘의 차이가 극명했다.

'이렇게 끝나는 건가?'

그런 생각을 할 때, 구미호가 그의 의식에 대고 속삭였다.

[구향단.]

"……?"

[내가 인간이 되었을 때, 이 이름으로 살아가고 싶었어. 지금은 의미 없는 짓이 되어 버렸지만…… 사실이야.]

'지금 이 상황에서?'

이런 때에 어울리지 않는 말이었지만, 죽는 마당에 구미호의 속마음을 들으니 기분이 나쁘지는 않았다.

'그래. 고맙다.'

[구향단이라고.]

'그래. 고맙다니까?'

[아초, 참 끝까지! 내가 구향단이라고! 여우로 태어나서 천

년 만에 지어진 나의 첫 이름! 구! 향단이라고오!]

'······!'

그 의미를 알아차렸다.

구미호의, 진명.

그것은 바로 구향단이었다.

"구향단······."

경식은 구미호. 아니, 향단이를 불렀고,

구미호는 그 진명에 반응했다.

쭈우우욱!

열 번째 꼬리가 생겨났다.

그리고 그 힘과 권한에 몸서리쳤다. 하지만 그 시간은 찰나. 촉박한 상황에서 그런 여유를 부릴 수가 없었다.

쓰아아악!

과연. 열 개째의 꼬리가 생기자 조금 버틸 만해졌다. 그럼에도 불구하고 힘이 달렸다.

역시 드래곤 로드.

혼자의 힘으론 무리였다.

씨익.

"그렇다면 다 함께 맞설 수밖에!"

회색 바람, 안트.

붉은 어금니, 태론.

투마, 푸른 허무, 르아르거.

그리고.

"구향다아아안!"

촤아아악!

구미호의 등 뒤에서 뿜어져 나온 다섯의 영혼이 쭈욱 늘어
지더니, 공격에 온 힘을 쏟아붓고 있는 드래곤 로드를 덮쳤
다.

안트와 태론이 드래곤 로드의 몸체를 붙잡았다. 투마가 거
대한 양손을 망치처럼 휘둘러 그의 가슴을 후려쳤다. 푸른 허
무가 날린 거대한 화살이 후려쳐서 움푹 들어간 가슴에 꽂혔
고, 르아르거의 눈부시게 빛나는 검이 위에서 아래로 쪼개갔
다.

"끄아아아아악!"

갈라르바브가 괴로워하며 나뒹굴었다. 이미 몸이 반쯤 잘
려나가 너덜너덜했다. 폴리모프가 풀리며 본연의 모습으로
변하였다.

"이럴 리가…… 이럴…… 리가……!"

쿨럭!

그는 피를 뿜어냈고, 열린 마계의 문에선 암흑투기가 뿜어
져 나와 그런 그의 몸을 회복시키기 시작했다.

하지만 회복속도는 더뎠고, 그 전에 무방비로 도륙당할 것

이다.

'끝난 건가.'

이런 결과를 예상하지 못했다. 갈라르바브는 지지 않을 터였다.

하지만 피를 토하며 쓰러져 있는 것은 자신이었다. 적은 회복을 기다려 주지 않을 것이다.

헌데, 기다려 주고 있었다.

마치 쓰러진 상대를 다시금 공격하는 것은 반칙이라도 되는 듯, 묘한 표정으로 다섯 영혼들은 갈라르바브를 지그시 바라볼 뿐 아무런 반응도 하지 않고 있었다.

'기회인가?'

하지만 이제 와서 하는 생각.

그 생각을 할 때 즈음, 영혼들이 흩어지며 사라졌다.

힘이 다 한 것이다.

그리고 경식은 다시금 인간 형태로 돌아와 거친 숨을 몰아쉬고 있었다.

힘이 다 한 것.

"큭큭. 큭큭큭. 크하하하하하하하!"

거대한 웃음이 울려 퍼졌다. 결국 부끄러운 승리라 할지라도, 끝까지 살아남고, 결국엔 힘을 회복할 여지가 있는 자신이 이길 것이다.

"이긴 것처럼 웃고 있군."

"이긴 것과 다름없으니까!"

"글쎄."

경식은 한 발자국 두 발자국 걸었다.

갈라르바브는 흠칫 놀라 경계했지만, 그의 쪽으로 다가오고 있는 것이 아니었다.

다행이었다. 몸이 완전히 붙으려면 시간이 필요하니까.

그리고 몸이 완전히 다 붙어버렸다.

"몸은 완전히 붙은 모양이로군."

"그래, 이제 더욱 회복할 것이다."

그렇게 말하는 와중에도 암흑투기가 모이고 있었다. 초고속 재생이 끝났고, 이제 하다못해 8서클을 사용할 수 있는 마력이 모이기만 한다면, 일반인과 다름없는 힘 다 빠진 경식을 죽이는 것은 일도 아니지.

헌데 경식은 그 말을 듣고 웃었다.

"다행이군. 기다렸거든."

"……?"

"그럼, 너를 빼내어 볼까."

무슨 말이냐고 말을 하지 못했다.

갈라르바브는 지금 가슴속에서 무언가가 꿈틀거리는 것을 느끼고 입을 다물어야만 했다.

원래의 주인이 꿈틀거리고 있었다.

죽었어야 할, 완전히 녹여서 자신의 것으로 만들었다 생각하던 원래의 주인이 이제 갈라르바브의 것이 된 육체를 다시금 탈환하려 하고 있었던 것이다.

"이게…… 이게 무슨 일…… 크헉!"

그는 마른기침을 토해 냈다. 일반인이 본다면 그럴 것이다. 하지만 경식이 보기엔 그 기침에서 뿜어져 나온 건 황금빛의 소울 에너지였다.

갈라르바브 자신의 영혼!

"어째서어어어!"

화아아악!

입에서 갈라르바브의 영혼이 모두 튕겨져 나왔다.

영혼은 나오자마자 즉시 자신의 드래곤 하트로 들어가려 했지만 그러지 못했다. 이미 그의 드래곤 하트는 에리카가 점거하고 있었다. 그것을 뚫기엔 이미 소모한 소울 에너지가 너무 많았다.

경식이 싱긋 웃었다.

"소울베슬 3단계. 그것은 소울 에너지의 실체화. 그리고 구현화."

제이크의 경우에는 그것이 로열티였다.

3단계가 되고, 소울 에너지를 에고화 하여 갖출 수 있는,

또 하나의 다른 자신.

말 그대로 소울메이트.

하지만 경식의 경우에는 이미 소울메이트가 존재했다.

그러니, 소울 베슬 3단계가 되고서 알 수 있었다.

에리카를 꺼낼 수 있다. 깨어나게 할 수 있다고 말이다.

갈라르바브의 영혼은 갈피를 잡지 못했다.

들어갈 곳이 없었다.

발작적으로 디코드로 향했지만, 쾅! 하는 소리와 함께 튕겨 나올 뿐이었다.

경식은 디코드로 걸어갔다.

그러고는 갈라르바브의 영혼을 지나쳐, 보이지 않는 장막을 지나쳤다.

쑥—

소울 베슬 3단계. 인간을 초월했다.

그리고 그는 마나를 관장하는 드래곤 하트와 영혼을 관장하는 드래곤 하트. 드래곤의 가장 중요한 두 요소를 오롯이 흡수했다.

디코드는 경식을 온전한 드래곤. 그것도, 출력이 남다른 새로운 드래곤 로드로 인식하고 그를 받아들였다.

[이럴 수가. 이럴 리가 없다! 이럴 수가 없어어어어!]

이미 드래곤의 체통은 온데간데없었다. 그저 떼를 쓰는 아이와도 같이 갈라르바브는 울부짖었다.

그것을 바라보며, 경식은 조소를 머금었다.

디코드의 전원.

"디코드는, 꺼진다."

손이 움직였다. 버튼에 손이 닿았다.

[이럴 수는 없다. 이럴…… 수는……!]

손에 힘이 들어갔다. 소울 에너지가 디코드 안으로 쭉 들어갔다.

우우우웅!

디코드가 경련을 일으키더니 이내 멈췄다. 색깔을 잃었다.

[저주할 것이다. 저…….]

드래곤 로드. 갈라르바브는 마지막 유언마저 끝마치지 못하고 존재 자체가 소멸되었다.

그리고 디코드 역시 마찬가지로,

다시는 스위치가 켜질 일이 없겠지.

마계의 어디에선가는 한창 수백 개의 드래곤 하트가 소멸되고 있을 것이었다.

"모든 것이 끝났어."

후련했다.

[잘했어. 잘했어…….]

구미호는 흐느끼며 그리 말했다.

경식이 피식 웃으며 그런 구미호의 영체를 쓰다듬었다.

"고마웠어, 향단아."

모든 게 끝이 났다.

정말 모든 게, 끝이 났다.

*   *   *

드래곤 로드가 죽고, 디코드가 꺼진 지 한 달이라는 시간
이 지났다.

마도국은 이미 형체를 알아볼 수 없을 정도로 망해 버렸
다. 아이러니한 것은, 그런 마도국의 약세를 빌미로 전쟁이라
도 해야 하는 제국 역시 엄청난 홍역을 앓고 있다는 사실이었
다.

죽어 간 병사들. 그 수가 수십만에 달했다.

죽어 간 기사의 숫자역시 3만이 넘어갔다.

제국과 마도국은 향후 100년은 노력해도 겨우 회복될까
말까 한 홍역을 앓았다.

하지만 그래도 인간이라는 종 자체가 이 대륙에서 흔적조
차 없이 사라지는 것보다는 100년의 후퇴가 나아 보였다.

인간들에겐 많은 위협이 있을 것이다.

세가 약해진 틈을 타 대륙의 주도권을 노리고 다른 유사인

종들도 있을 것이고, 불균형해진 성비율과 여러 가지 요건이 인류를 괴롭힐 것이지만,

어쨌건 가장 큰 고비는 일단락되었다.

"후우."

경식은 너른 화단을 바라보며 새삼스러운 표정을 지었다.

그리고 그 앞에는, 하얀 머리를 찰랑거리며 한 소녀가 미소 짓고 있었다.

경식과 비슷한 이목구비. 길고 흰 머리카락. 흰색에 가까운 은빛 눈동자.

에리오르슈 에리카였다.

"용케도 날 구해 줬구나."

"그게 한 달 동안 쓰러져 있다가 겨우 의식을 찾은 사람이 할 소리야?"

하긴. 그런 소리 못할 것도 없지.

모든 일이 끝난 후, 에리카는 혼수상태였다. 몸의 회복은 되었지만 영혼의 회복이 덜 되었었기 때문이다.

"몸은 좀 괜찮아?"

경식의 말에, 에리카는 귀밑머리를 넘기며 고개를 끄덕였다.

"괜찮다. 오히려 힘이 차고 넘치는구나."

그녀의 귀는 뾰족했다. 인간의 것이 아닌 것 같았다. 그것

은 바로 암흑투기에 찌들고, 그것으로 인해 인체가 재구성된 여파였다.

"거 음…… 테카르탄이란 놈이 완전 마족이 됐었던 건을 생각해서, 조심해. 마족화가 될 수도 있어."

"그럴 일 없다. 오히려 이쪽이 구각랑을 다루기에 편하다."

그는 그리 말하며 자신의 가슴에 걸려 있는 구슬을 쓰다듬었다.

사령의 보옥? 아니었다. 사령의 보옥은 이미 깨져서 없어졌다.

다름 아닌 드래곤 로드의 하트.

그것이 이제 사령의 보옥을 대체하고 있었다.

"영혼들은 돌려주지 않아도 돼?"

"돌려받고 자시고도 없다. 원래 내 것이 아니었지. 가둬두었을 뿐, 이제 제 살길 찾아 가지 않았더냐. 새로운 영혼을 찾아서, 내 힘으로 강해질 것이니라."

그 말에, 경식이 싱긋 웃으며 고개를 끄덕였다.

"그래. 그것도 좋은 방법이네."

"이제…… 가는 것이냐?"

"가야지. 날 보내 준다고 하지 않았어?"

"호호호호. 그렇지. 그랬었지."

그녀는 모든 것을 빼앗기고, 자신의 모든 염원을 담아 소울 에너지를 운용하였다.

차원의 문이 열렸고, 그녀의 운명 공동체였던 경식이 빨려 들어왔다.

미안하진 않다. 자신이 죽으면, 경식 역시 비슷한 이유로 그쪽 세상에서 죽었을 테니까. 오히려 에리카 역시 경식의 생명을 구해 준 은인이라 해야 옳을 것이다.

이곳으로 온 경식은 열심히 해 주었고, 드래곤 로드까지 해결하고 자신을 구해 주었다.

이제 그에 대한 보답을 할 때였다.

그리고 그 보답이란 것은,

스멀스멀.

에리카는 눈을 감고, 경식을 소환했던 그때처럼 간절한 마음이 되어 빌었다.

영혼의 소원.

그 소원은 현실에 투영되어, 기적으로 발현됐다.

형언할 수 없는 색깔을 지닌 빛의 구체가 그녀와 경식 사이의 공간에 꽃처럼 피어났다.

"기적은 완성되었어. 이곳에 너의 기운을 집약시키면 돼."

좌표가 완성되었다. 이제 이계의 기운. 즉, 경식이 지니 고 있는 소울 에너지를 집약시키면 차원의 문이 열릴 것이다. 그 것은 암흑투기와 9서클의 차원이동 주문의 조합으로 마계의 문을 연 것과 같은 이치였다.

이곳에 경식의 기운을 집약시키면, 경식이 사는 지구로 돌아가는 문이 완성되는 것이다.

"……."

경식은 뒤를 돌아봤다.

그곳엔 경식과 함께 했던 모두가 그를 배웅하겠답시고 모여 있었다.

"주인님…… 주인님을 모신 시간. 영원히 잊지 않을 것입니다!"

제이크는 사실 경식을 따라가고 싶었다. 하지만 이곳이 그의 고향이고, 그는 약해진 인간들을 위해서 할 일이 많았다.

"저도 즐거웠어요, 제이크. 정말 고마워요. 진심이에요."

경식이 그리 말하며, 왕년 노인을 짐짓 노려봤다.

"진짜 감쪽같이 속았습니다, 그란츠님."

─헐헐헐. 내가 언제 거짓말을 했던가? 난 사실만을 말했다네. 자네가 나를 그리 보지 않았을 뿐이지. 그리고 나 역시 즐거웠다네. 자네를 만난 건 우연이지만, 그 우연이 이렇게 운명적으로 다가올 줄 누가 알았겠는가.

경식은 진심을 다해 고개를 푹 숙였다. 최고의 예의였다.

"……오라버니. 가는 거야?"

슈아가 울먹이며 경식을 바라봤다.

경식은 슈아의 머리를 쓰다듬어 주며, 고개를 끄덕였다.

"보고 싶을 거야."

"나도…… 나도…….."

경식은 싱긋 웃으며 그런 슈아의 머리를 연신 쓰다듬어 줄 뿐이었다. 슈아는 결국 끝말을 잇지 못하고 고개를 푹 숙였다. 경식은 벌떡 일어나 다른 이와도 인사를 끝냈다. 황제. 오르거. 고른 백작. 그리고 아란츠까지.

모두와 인사를 끝마친 경식은 소울 에너지를 빛의 구슬에 집중했다. 그러자 머지않아 사람 한 명 들어갈 정도 크기의 균열이 생겨났다.

그 균열 너머에 보이는 풍경.

그것은 거대한 강과, 그 강에 둘러진 수많은 다리. 그 주변에 보이는 고층빌딩들…….

서울이었다.

뚝…… 뚝뚝…….

경식은 주체할 수 없는 감정을 숨기지 않았다.

눈물을 닦은 경식은, 앞으로 나아갔다.

이곳에서 있었던 시간은 몇 년 되지 않는다. 그리 많은 것이 변해 있지는 않을 것이다. 죽은 줄 알았을 아들이 돌아왔으니 부모님이 뛸 듯이 기뻐하시겠지.

그거 말곤 세상이 크게 변하진 않았을 것이다.

하지만 앞으로의 인생은 이전과는 다르겠지. 그는 이곳에 오기 전과는 비교할 수 없을 정도로 많은 것을 얻었으니까 말이다.

'그래도 잘 해나갈 거야.'

[그래, 내가 있잖아.]

그 말에 왠지 모르게 불안해지는 것은 기분 탓일까?

경식은 멈췄던 한 발자국을 마저 내디뎠다.

서울 한복판.

그의 인생이 새롭게 다시 쓰일 첫 장이 이제 펼쳐지려 하고 있었다.

〈완결〉